AF204300

Tucholsky   Wagner   Zola   Scott   Sydow   Freud   Schlegel
          Turgenev   Fonatne
                    Wallace
    Twain   Walther von der Vogelweide   Fouqué   Friedrich II. von Preußen
                Weber   Freiligrath
Fechner   Kant   Frey
          Fichte   Weiße Rose   von Fallersleben   Ernst   Frommel
                                                      Richthofen
            Engels   Fielding   Hölderlin
Fehrs   Faber   Flaubert   Eichendorff   Tacitus   Dumas
          Maximilian I. von Habsburg   Fock   Eliasberg   Ebner Eschenbach
Feuerbach   Eliot   Zweig
                    Ewald   Vergil
        Goethe   Elisabeth von Österreich   London
Mendelssohn   Balzac   Shakespeare   Ganghofer
          Lichtenberg   Rathenau   Dostojewski
Trackl   Stevenson   Doyle   Gjellerup
Mommsen   Tolstoi   Hambruch
        Thoma   Lenz   Droste-Hülshoff
Dach   Verne   von Arnim   Hägele   Humboldt
          Reuter   Hauff
    Karrillon   Rousseau   Hagen   Hauptmann   Gautier
              Garschin
        Damaschke   Defoe   Baudelaire
                    Descartes   Hebbel
Wolfram von Eschenbach   Schopenhauer   Hegel   Kussmaul   Herder
    Bronner   Darwin   Melville   Rilke   George
                              Grimm Jerome   Bebel   Proust
Campe   Horváth   Aristoteles   Federer
Bismarck   Vigny   Barlach   Voltaire   Herodot
              Gengenbach   Heine
Storm   Casanova   Tersteegen   Grillparzer   Georgy
        Chamberlain   Lessing   Langbein   Gilm
Brentano   Gryphius
        Claudius   Schiller   Lafontaine
Strachwitz   Kralik   Iffland Sokrates
    Katharina II. von Rußland   Bellamy   Schilling
                    Gerstäcker   Raabe   Gibbon   Tschechow
Löns   Hesse   Hoffmann   Gogol   Wilde   Gleim   Vulpius
Luther   Heym   Hofmannsthal   Morgenstern
        Roth   Klee   Hölty   Goedicke
Luxemburg   Heyse   Klopstock   Homer   Kleist
        La Roche   Puschkin   Horaz   Mörike
Machiavelli   Kierkegaard   Kraft   Kraus   Musil
Navarra   Aurel   Musset   Moltke
Nestroy   Marie de France   Lamprecht   Kind   Kirchhoff   Hugo
    Nietzsche   Nansen   Laotse   Ipsen   Liebknecht
              Marx   Ringelnatz
von Ossietzky   Lassalle   Gorki   Klett   Leibniz
        May   Lawrence   Irving
Petalozzi   vom Stein
        Platon   Pückler   Knigge
Sachs   Poe   Michelangelo   Kock   Kafka
                    Liebermann
    de Sade   Praetorius   Mistral   Zetkin   Korolenko

Der Verlag tredition aus Hamburg veröffentlicht in der Reihe **TREDITION CLASSICS** Werke aus mehr als zwei Jahrtausenden. Diese waren zu einem Großteil vergriffen oder nur noch antiquarisch erhältlich.

Symbolfigur für **TREDITION CLASSICS** ist Johannes Gutenberg (1400 — 1468), der Erfinder des Buchdrucks mit Metalllettern und der Druckerpresse.

Mit der Buchreihe **TREDITION CLASSICS** verfolgt tredition das Ziel, tausende Klassiker der Weltliteratur verschiedener Sprachen wieder als gedruckte Bücher aufzulegen – und das weltweit!

Die Buchreihe dient zur Bewahrung der Literatur und Förderung der Kultur. Sie trägt so dazu bei, dass viele tausend Werke nicht in Vergessenheit geraten.

Der Topf der Danaiden

Ernst von Wolzogen

Impressum

Autor: Ernst von Wolzogen
Umschlagkonzept: toepferschumann, Berlin

Verlag: tredition GmbH, Hamburg
ISBN: 978-3-8424-1371-9
Printed in Germany

Franz Xaver Meusel war ein echter deutscher Dichter, denn er wohnte in einer Dachkammer, hatte wenig zu beißen und zu brechen und ging selten nur zum Friseur, weil der nicht auf Pump die Haare schnitt. Er war auch darum ein echter deutscher Dichter, weil er trotz des betrüblichen Mißstandes seiner irdischen Verhältnisse fast ausschließlich Dinge schrieb, für welche sich weder unter den Verlegern noch unter den Theaterdirektoren ein rechter Liebhaber finden ließ; heute ein fürchterlich naturalistisches Drama über das Motiv: »Hungertuch und Lustmord«, morgen ein metaphysisches Epos. Natürlich hatte er ein Kaffeehaus oder wenigstens einen Winkel in einem Kaffeehaus, wo er Gott war und drei bis sieben andächtigen Jünglingen nebst einigen wilden Jungfrauen sein Evangelium predigte. Im übrigen war er weiteren Kreisen unbekannt. Außer Gedichten und geistreich frechen Aufsätzen in etlichen literarischen Cliquenblättern der achtziger Sturmjahre war noch nichts von ihm gedruckt, und wie er sein Leben eigentlich fristete, war selbst seinen nächsten Freunden ein Rätsel.

Wenn Franz Xaver Meusel rasiert und sein alter Bratenrock gebürstet war, dann sah er aus wie ein englischer Reverend; war er aber unrasiert und ungebürstet, was häufiger der Fall, so glich er eher einem entsprungenen Sträfling, der sich lange in Wind und Wetter herumgetrieben und die Nase erfroren hat. In solcher Verfassung suchte er möglichst obskure Kneipen auf, wo er für fünfzig Pfennige mittagmahlte und zu mitternächtiger Stunde den dicken Tabaksqualm mit Geißelhieben grimmigen Hohns auf Gott und alle Welt spaltete. Da machte er Studien zur Psychologie und Physiologie des Proletariers und trank Brüderschaft mit philosophischen alten Süffeln.

War ihm aber einmal aus geheimnisvoller Quelle Geld zugeflossen, dann konnte man ihn glatt frisiert und frisch gebügelt in feinen Restaurants und in reputierlicher Gesellschaft sitzen sehen, und er wußte solche Gesellschaft durch seine geistreichen Paradoxe aufs köstlichste zu unterhalten, zumal die Ohren hübscher Frauen durch allerliebste Schmeicheleien zu kitzeln und mit dem heißen Hauch unterdrückter Leidenschaft ihre Herzen zu entzünden.

Außerdem war er neunundzwanzig Jahre alt und, wie er behauptete, der Sohn eines hohen Justizbeamten in Wien.

Manchmal brachte er auch sein Mädel mit ins Café. Das war ein stilles, blasses, demütiges Ding. Man wußte über sie noch weniger als über ihren Gebieter. Sie stammte aus den Balkanländern, Rumänien, Serbien, Bulgarien oder da so herum, und studierte in München Musik. Sie trug sich ganz absonderlich. Schlafrockartige Gewänder in bleichen Pastellfarben mit selbstgefertigten, aparten Stickereien, die zu ihrer überschlanken, scheinbar knochenlosen Gestalt, dem schmalen, blassen Gesichtchen mit den großen Mandelaugen und dem auffallenden Kopfschmuck ihres reichen rotbraunen Haares wunderbar gut paßten. Biche nannte er sie; wie sie sonst hieß, wußte man nicht. Man redete sie Mademoiselle an oder in vorgerückter Intimität »Mademeusele«, was eine scherzhafte Korruption von Madame Meusel sein sollte.

Biche war eigentlich nicht hübsch, aber alle Freunde ihres wilden Gatten mochten sie gut leiden – zum mindesten genoß sie allgemeiner Achtung, weil sie mit ihren aristokratischen kleinen Händen und Füßen und ihrer aparten Erscheinung eine stille Vornehmheit ausdrückte, die jede plumpe Annäherung fein zurückwies. Niemand vermochte zu sagen, ob sie dumm oder gescheit, unwissend oder gebildet sei, denn sie sagte sehr selten etwas und war der deutschen Sprache nur unvollkommen mächtig; aber sie hing mit scheuer Bewunderung an den Lippen ihres Franz Xaver, und wenn seine Witze die laute Heiterkeit oder seine geistreichen Einfälle das Erstaunen des Stammtisches erregten, so huschte mit flüchtigem Erröten ein glückseliges Lächeln über ihr blasses Gesicht, als ob sie alles verstanden hätte, und als ob sie sagen wollte: »Ja, staunt nur, ihr! Ich weiß doch, was in ihm steckt. Er ist der Klügste und Bedeutendste von euch allen, und ihr werdet noch euer blaues Wunder an ihm erleben.«

Franz Xaver pflegte von ihr zu sagen: »Biche hat eine goldene Hundeseele, es fehlt ihr zur Vollkommenheit nur ein Schweiferl. Wenn sie wedeln könnte, würde ihre Ausdrucksfähigkeit staunenerregend sein.« Das war ein hohes Lob im Munde Franz Xavers, denn er war ein großer Hundefreund, und der einzige wirkliche Schmerz seines Daseins war der, daß ihm seine Mittel nicht erlaubten, sich einen Hund zu halten. – – –

Das war eines Mittags um ein Uhr, im Jahre 1896, als Biche an der Kammertür ihres Geliebten klopfte. Da keine Antwort erfolgte, drückte sie auf die Klinke – die Tür war offen. Er hatte wieder einmal vergessen, zuzuriegeln. Schließlich – wozu auch? Fortzutragen gab es kaum etwas in dem ärmlichen Dachstübchen, und seine mächtige Persönlichkeit hätten auch vier klobige Einbrecherfäuste schwerlich von der Stelle gebracht.

Die helle Wintersonne schien herein und dem Langschläfer gerade auf die Nase. Er lag im Oberhemd im Bett, und die übrigen oberen und unteren Hüllen wüst verstreut auf dem Strohstuhl mit dem durchlöcherten Sitzteil und auf dem blanken Fußboden. Mademoiselle Biche rüttelte ihn am Arm.

»Franzi! Xaverl! Uff! *Honte! C'est midi!*«

Der große Kerl ermunterte sich langsam. Erst grunzte er, dann blinzelte er das Mädchen an, dann gähnte er, dann richtete er sich schwerfällig auf. Sein Kopf mit dem wüst verdrückten Schopf neigte heute mehr dem entsprungenen Sträfling als dem englischen Reverend zu.

»No, Biche, was schaffst denn schon in aller Früh da heroben?«

»No, is eine Uhr,« versetzte sie mit mildem Vorwurf, »sollste kummen, is Zeit für Diner. Haste du Geld? *Moi je n'ai pas le sou.*«

Franz Xaver unterbrach sich im Gähnen und horchte auf: »Was, du hast auch nix? Zwanzig Pfennig hab' ich noch im Sack, das ist der Rest von gestern. Hast du deine Wirtin schon angezapft?«

Mit einem wehmütig drolligen Gesicht schüttelte Biche den Kopf und bewegte ihren kleinen Zeigefinger zur Verstärkung der Verneinung hin und her: »Nix, nix, sagte sie traurig, »hab' schon alle Kollegen gebettelt, niemand hat mehr bissel Geld.«

»No freilich, am Siebenundzwanzigsten!« bestätigte Franz Xaver verständnisvoll. »Ja, da werden wir uns halt das Diner verkneifen müssen; hast nix mehr zum Versetzen?«

Das Mademoisellchen schüttelte den Kopf, dann trat es mit einem raschen Schritt herzu, setzte sich auf den Bettrand, schlang seine dünnen Ärmchen um den breiten plumpen Mann und brach, an seine Schulter gelehnt, in heftiges Schluchzen aus.

»No, was is, Bischibischerl, was wär' denn jetzt des! Geh', schau', sei stad, Köpferl hoch! 's wär' doch net 's erstemal. Ich mein' doch, man gewöhnts mit der Zeit.«

Aber das arme Ding war diesmal nicht so leicht zu beruhigen. Unaufhaltsam strömten die Tränen, so daß Franz Xaver ehrlich erschrocken war. Er saß aufgerichtet im Bett, drückte das arme zuckende Hascherl an sich und streichelte ihm zärtlich das Haar. Er redete immer so fort in guten, zärtlichen Worten, aber sein Trost wollte diesmal durchaus nicht verfangen: »Ja, so sag mir doch,« rief er endlich schier verzweifelt, »was is jetzt des mit dir, Hundel? So hab' ich dich ja noch nie gesehen!«

Da richtete sie sich endlich auf und tupfte das nasse Antlitz mit ihrem Tüchlein ab und kämpfte mit Anstrengung das würgende Schluchzen hinunter. Endlich brachte sie mühsam hervor: »Papa hat mir Brief geschreibt.«

»No, und...?!« Franz Xaver war ganz Auge und Ohr.

»Ich soll – dich verlassen – und heimkummen, oder er will mir nie kein Geld nimmer geben.«

Der Poet wußte eine ganze Weile nichts zu sagen. Mit einem beinahe dummen Ausdruck starrte er sein still weinendes Mädchen an. Endlich stieß er mit komischer Entrüstung die Worte zwischen den Zähnen hervor: »Stumpfsinniger Banause! Elende Krämerseele!« Er ereiferte sich und lachte höhnisch auf: »Ja, gelt, wenn ich dich heiraten tät, dann wär' alles gut; wenn ich dem Pegasus abschwören und daheim bei euch Roßdieb oder Räuberhauptmann werden wollt' – oder womöglich gar in seine Firma eintreten, dann wär' ich ihm als Schwiegersohn hochwillkommen, gelt?«

Biche ließ wieder ihr Fingerchen hin und her gehen als Zeichen absoluter Verneinung: »*Non, pas comme ça,*« sagte sie, ohne ihn anzusehen, ganz leise: »ich soll ganz weg von dir, oder überhaupt nie wieder in Vaterhaus kummen.«

»Ah, so!« rief der Poet gedehnt. Und dann entstand eine lange bängliche Pause. Endlich ließ sich Franz Xaver wieder in die Kissen fallen, kroch bis an den Hals unters Federbett und sagte: »Kalt is' hier.« Und wieder eine längere Pause. Sobald er warm geworden war, arbeitete sich der große Kopf mit dem wüsten Schopf auf der hohen Denkerstirn wieder ein wenig empor, und Franz Xaver wandte sich nach seinem stummen Liebchen um.

»Also du, Bischibischerl, ich sag' der noch was: daß du mi gern hast, weiß ich, obst jetzt bei mir bist oder net – und eh' daß d' jetzt ganz und gar den Halt verlierst und dein junges Leben an so einen unsicheren Kerl hängst – eh' geh schon heim und laß mich laufen. Ich bin dir net bös drum. Ich seh' ein, es geht net anders.«

Da stand sie wieder vor seinem Bett, und ihre beiden Händchen haschten nach seiner großen, warmen Tatze: »Ich kann doch nicht,« jammerte sie ganz hilflos, »du haste wohl ganz vergessen, was sich passier'n wird in paar Monate.«

Franz Xaver fuhr sich verlegen mit der freien Hand durch den Schopf: »Also deswegen. Traust dich wohl net, dem Papa das einzugestehen? – Weißt, ich setz' mich hin und schreib' ihm einen rechten schönen Brief und schreib' ihm, was du für ein liebes einziges Hundel bist, und daß das Unglück amal passiert is, und daß das Natürliche nie eine Schande sein kann unter denkenden Menschen – und überhaupts, daß dieses die Bestimmung des Weibes ist, und daß du ein echtes Weib eben bist und er dir daraus keinen Vorwurf machen kann. Und wenn's einen Sinn hätt', würde ich dich ja heiraten, was aber zurzeit eben ein Blödsinn wäre. Und das müßte er doch einsehen und dir wieder deine Rente schicken oder lieber gleich dein mütterliches Erbteil herauszahlen, wenn er sich nicht in den Augen aller gebildeten und anständigen Menschen selber als einen ausgemachten Bazi und geschmacklosen Komödienwüterich darstellen wollte. Das werde ich ihm schreiben, und du wirst sehen, dieser Logik wird er nicht widerstehen können.«

Ein trauriges Lächeln huschte über ihre abgehärmten Züge. Sie zog ihre Hand aus der seinen und sagte: »*Tu es fou, mon ami.*«

Da polterte ein schwerer Männertritt die letzte Stiege zum vierten Stock empor, und beide horchten gespannt nach der Tür hin. Nun schlug gar einer mit der Faust gegen die Tür. Biche floh in eine Ecke und drückte sich ängstlich gegen die Wand – Franz Xaver aber brüllte ein mächtiges: »Herein!« Im nächsten Augenblick zottelte ein unförmiges Pelztier über die Schwelle. Man sah wirklich nur Pelz. Ein schwarzes Sealskin auf dem Kopf und einen bis über die Ohren hochgeschlagenen Kragen von Marder- oder Otterfell oder was es war, und dann einen langen rauchverbrämten Sack bis auf die Füße hinunter; nur gerade die Stiefel schauten noch hervor. Menschlich war an dem kleinen Ungeheuer nur das rotgefrorene, fette, runde Gesicht mit dem mächtigen, blonden Schnurrbart darin und dem goldenen Kneifer auf der Nase. Und weil die Brillengläser beim Eintritt in das Zimmer feucht anliefen, nahm das Ungeheuerchen sie herunter und glotzte mit weit aufgerissenen Äugelchen blöde gegen das Licht.

»Verflucht auch, ich seh' nix! Franz Xaver Meusel, Mensch, bist du da oder net?«

»Freilich bin ich da, du Rammel, du g'scherter! Wer bist denn du, Knallprotz, elendiger, daß du hier aufdrahst mit deinem hochnobligen Pelzwerk? Ich bitte, sich gefälligst vorzustellen oder wenigstens anzudeuten, wo und wann wir Brüderschaft getrunken haben.«

Jetzt endlich entdeckte der kurzsichtige Fremdling seinen Freund im Bette und schritt mit ausgestreckter Hand auf ihn zu: »Ja, ich bin doch der Balzer Theo; willst du mich etwa gar verleugne, du Urviech, du miserables?«

»Ja, da schau her, der Balzer Theo! Ja, Herrgott sakra, wo blast denn dich der Wind daher? Hat sich dieser Schmalzbariton einen dermaßen vorschriftswidrigen Schnauzer stehen lassen! Singst du damit den Amonasro?«

»Wohl, wohl, wird alles gemacht,« versetzte der Blonde. Er hatte inzwischen seinen Pelzrock aufgeknöpft, mit Mühe sein Sacktuch hervorgeholt und putzte nun eifrig die Brillengläser. »No, sag' mir bloß um Gottes wille, was schaffst denn du am Mittag noch im Bett? Hast ebbe dei Sauglück mit Sekt begosse, du Lotterbub du?«

»Sauglück, ich?« Franz Xaver fuhr empor und stützte beide Arme auf den Bettrand. »Du, sei so gut und red' keine Rebusse, so Frotzeleien kann ich net leiden. Ich bin schon seit acht Tagen wieder ganz blank; kommst gerade recht.«

»Ja, Mensch, weißt denn du noch von nichts?«

»Nix weiß ich – was soll's denn sein?«

»Ei, du alte Pappschachtel, wir zwei sind seit vorgestern Naböbse.«

Franz Xaver holte mit der Hand weit aus: »Du, wannst mi eppa derblecken willst...!«

»Aber nein, da schau her, wenn du's net glaubst.« Er fummelte aus der Brusttasche einen Bogen Zeitungspapier hervor, der mit lauter Zahlen bedruckt war. »Unsere Nummer ist doch mit hundertundfünfzigtausend Mark herausgekommen.«

»Wa...??«

»Da überzeug dich.« Er setzte seinen Kneifer auf, nahm das Blatt dicht vor die Nase, und als er die Glücksnummer gefunden hatte, legte er den Zeigefinger darauf und hielt so seinem Freunde das Blatt hin.

Franz Xaver sah mit eignen Augen und mußte nun wohl glauben; aber fassen konnte er es doch nicht gleich. Der freudige Schreck schien ihm zunächst die Sprache verschlagen zu haben. Er stammelte wie ein Idiot immer wieder die prachtvolle Zahl vor sich hin: »Hundertundfünfzigtausend!«

»Begreifst du jetzt endlich?« brüllte Balzer mit seinem mächtigen Seldenbariton. »Ein Jammer, daß wir nur e Viertelche zusamme gespielt hawwe! No, kommt nach alle Abzüg immer noch 18–19 000 auf den Kopf.«

Da sprang Franz Xaver Meusel mit einem plötzlichen Satz aus dem Bett, faßte seinen kleinen, fetten Freund unter den Armen und tanzte wie unsinnig mit ihm in der hellen, kalten Dachkammer herum. Das nahm sich aus wie ein groteskes Stück mittelalterlicher Justiz: der Malefikant im Armsünderhemdlein in die Bärengrube geworfen und nunmehro zum Gaudium blutgieriger Gaffer von Meister Petz zum Tanz herausgefordert. Alle beide brüllten sie wie die wilden Bestien, diese ausgewachsenen Mannsen, der verkannte Poet mit dem haarigen Gebein und dem zerknitterten Oberhemd und der wohlbestallte Hofopernsänger im Protzenpelz.

Und aus der Schattenecke des Dachkämmerleins mischte sich ein drittes Stimmchen zaghaft in das wüste Duett, ein schluchzender Triller zwischen Lachen und Weinen. Das war das vergessene Mademoisellchen, das die Hauptsache verstanden hatte und dem plötzlich eine wundersüße Hoffnung aufging.

Der Balzer ward ihrer zuerst gewahr, hielt in dem wüsten Indianertanz inne und verschloß Franz Tavern, der wie ein Derwisch heulte, mit der flachen Hand den Mund: »Pst, Silentium, eine Dame! Pardon, daß ich nicht früher bemerkte ... Willst du mich nicht dem Fräulein ... oder vielleicht – deiner Frau Gemahlin vorstellen?«

»Warum net gar,« rief Franz Xaver lustig, »das ist die Biche, das ist mein Hundel. Geh her, Biche, sprich auch – gib Laut, Biche! Ich hab' das große Los gezogen, mir san Millionär – neunzigtausend Mark!«

»Neunzehntausend,« verbesserte der Freund, und dabei zog er seine Sealskinkappe ab und entblößte, sich verbeugend, seinen blanken, rosigen Schädel vor dem verlegen lächelnden Mademeusele. »Mein Name ist Theodor Balzer, Hofopernsänger aus Stuttgart,« stellte er sich vor.

»Und da bist du gleich von Stuttgart hierher, um uns das Geld auszahlen zu lassen? Du hast doch das Los bei dir?« Franz Xaver hielt die beiden offenstehenden Klappen des Pelzes gepackt und beutelte so den kleinen Blankschädel hin und her.

»Gott sei Dank, ja, ich hab's« versetzte Herr Balzer, »du hättest es ja doch längst verloren oder versetzt.«

»Höchstwahrscheinlich,« lachte der Dichter. »Und jetzt kommst du her, um das viele, viele Geld zu erheben und mir ehrlich meine Hälfte abzugeben?«

»Natürlich!«

»Das ist gar nicht natürlich, das ist im Gegenteil höchst unnatürlich; wenn du mir gar nichts gesagt hättest und heimlich damit nach Amerika durchgebrannt wärst, hätte ich mich keinen Augenblick gewundert; ich hab' dich immer für einen ganz ordinären Menschen gehalten.«

»No, sei so gut!«

»Das geht auch net mit rechten Dingen zu. Hast du deine Frau mit?«

Der kleine Heldenbariton funkelte den Freund mit ehrlicher Entrüstung durch seine blanken Gläser an und rief: »Eine Beleidigung nach der andern! Meine Frau hat selbstverständlich keine Ahnung von dem Glücksfall. So dumm bin ich doch nun wirklich auch net; die tät's doch gleich auf die Bank schleppe und in sichere Staatspapiere zu dreieinhalb Prozent anlege, und ich könnt' mich als krümme wie so e Wurm und kriegt vonwege dem Vermögenszuwachs noch ka Gläsle Bier mehr am Sonntag bewilligt. Nei, Freundche, ich hab' Urlaub genomme zur Wiederherstellung meiner angegriffenen Stimmritz – und jetzt kriege mich ka siebenundsiebzig Teufel mehr heim, eh' bis net der letzte Bläuling verjuckt is.«

»Ich hätte nie geglaubt, daß dir der Sinn des Lebens in solcher Schönheit jemals aufblühen würde,« rief Franz Xaver pathetisch aus, dann umarmte er den kleinen Freund, gab ihm viele schöne Titel wie: »Bruderherz«, »süßer *père noble*«, »goldiger Hofdarstellungsbeamter« und dergleichen mehr, und wollte dann wieder den wilden Indianertanz anheben, als das kleine Fräulein aus seiner Ecke herauskam und mit raschen Schritten das helle Zimmer durchquerte, um dem wüsten Wesen zu entfliehen. Ohne ein Wort zu sprechen, ging sie hinaus.

Franz Xaver gewahrte es: »Ach so,« sagte er, an sich hinunterschauend. Er ward sich jetzt erst seiner unanständigen Verfassung bewußt, sprang zur Tür, steckte den Kopf hinaus und rief der kleinen Freundin nach: »Du Bischibischerl, wart' a bissel unten im Café, ich mach' geschwind Toilette, in fünf Minuten bin ich fertig. Laß dir einen Schnaps geben derweil. Wir speisen heut mitsammen beim Schleich, und dann wickle ich dich in Samt und Seiden wie eine Königin.« Er brüllte die »Königin« so großartig hinaus, daß das ganze Treppenhaus davon widerhallte.

Während er sich nunmehr Hals über Kopf wusch und ankleidete, unterzog ihn der kleine Bariton einem freundschaftlichen Verhör: »Ist das dein Mädchen?« fragte er.

»Ja, das ist das Bischibischerl, ein recht ein liebes Hundel,« erwiderte Franz Xaver, indem er in der Waschschüssel ein eifriges Geplansche und Gepruste erhob.

Herr Balzer drehte seinen Schnurrbart, runzelte die Stirn und brummte vor sich hin: »Schlecht genährt – wär' nix für mich. Seit wann ist denn das dein Geschmack?«

Meusel hatte die letzten Worte verstanden. Während er sich abtrocknete, erwiderte er obenhin: »Geschmack oder nicht, sie pickt, weißt. Die andern sind immer bald wieder abgefallen – oder ich von ihnen – aber die pickt fest. Einfach nicht loszuwerden, ob mir's gut geht oder schlecht – sie pickt. Begreife nicht, was sie an mir find't. So ein zartes Seelchen – und kann sie doch nichts irremachen. – Was soll man dagegen tun? – Sie hat sich schon meinetwegen mit ihren Leuten überworfen; und jetzt nun gar, wo was in Aussicht ist...«

»Oi, oi, oi, oi,« unterbrach der Hofopernsänger, sich kummervoll hinter dem Ohr kratzend, »so was ist einfach gräßlich! Da wirst du sie am Ende gar heirate?«

Franz Xaver fuhr entrüstet seinen Freund an und zugleich in die Hosen: »Bist wohl narrisch, Bazi elendiger? Heiraten – jetzt, wo ich das appetitliche Weibsbild, die Fortuna, endlich amal beim G'wandzipfel verwischt hab'! Für Dickwänste und Kahlköpfe ist Heiraten gut und zum Zweispännigfahren, wenn die Karre mit dem Roß im Dreck steckengeblieben ist, da ist Heiraten auch gut, oder wenn ein Vollmensch a. D. seinen Geist in Pension schickt und den Rest im Lande der Philister ansiedelt – dann mag er heiraten. Wenn's nach meinem Gusto ging, so möchte ich zehn Frauen und hundert Kinder haben – in einem andern Flügel meines Palastes heißt das natürlich – aber in einen veritablen christlichen Ehestand kriegt ihr mich erst, wenn ich als Mensch und Poet bankerott bin.«

»Recht hast du, Freund,« rief Balzer Theo begeistert. »Ich glaube, du weißt gar nicht, wie recht du hast. Die nettste Mädele werde die größte Hausdrache. Unheimlich, wie sie ihr eigentliches Talent vor uns verstecke könne. Du hast doch mein Weib gekannt, wie's noch mei Schatz und beim Theater war: war das net e herzigs Engelche? Und jetzt is's so bös – so bös, kann ich dir sage! Erziehe möcht' sie mich von früh bis spät, und nix is recht, was ich tu, und um jede Mark, die ich ausgeb', schnaubt's mich an, hu! Ich kann dir sage, Freundche, wenn sie net gar so gut koche tät, und ich net so e arg gemütlicher Mensch wär' – umbringe hätt' ich se könne manchmal – und sie mich auch. Aber jetzo gedenk' ich mich emal gründlich zu erhole vom heilige Ehestand; ich hab' e ärztlich's Attest in der Tasch, daß mei angegriffene Stimm' dringend ein südliches Klima bedarf – also werde ich mich von morge ab mindestens vier Woche lang in eme südliche Klima befinde. Ich hab' en Bekannte an der Riviera, von deme lass' ich mein' eheliche Pflichtbrief' nach Stuttgart befolge.«

»Ei du Hallodri, du Lump, du ausg'schamter!« rief Franz Xaver vergnügt, indem er dem Heldenbariton einen freundschaftlichen Rippenstoß versetzte. »Also so einer bist du? Du, das heißt, an die Riviera geh ich net mit, ich habe keine Lust unter den ordinären Amüsierlingen aus aller Herren Ländern zu verschwinden. *Hic minca hic salta!* Das Volk, unter dem ich hier gewandelt bin, all in meiner Ruppigkeit, das soll Zeuge sein, wie ein Poet zu leben versteht. Ha, ich will wühlen im Golde bis an die Ellenbogen, ich will wie ein Opernheld die Beutel voll Zechinen in graziösem Schwung unter das Volk schleudern – ich will ein König sein, und alle Tage aufs neue will ich mein Krönungsfest feiern. Die Bronnen sollen sprudeln von rotem und weißem Wein, Schuster und Schneider sollen mich gnädiger Herr nennen, denn ich will sie bar bezahlen, und einen Orden will ich stiften, der soll ein goldenes Medaillon sein, mit einem Schnipsel von meinem rehfarbenen Haar darin, und dieser Orden soll nur verliehen werden an die schönsten Mädchen von München – die niedere Klasse für besondere Verdienste auf dem Gebiete hübscher Hände und Füße; das Großkomturkreuz aber will ich an den vollkommensten Busen heften. Ja – ich will ein Königreich der Schönheit stiften und will mich König des Lebens nennen. Franz Xaver der Erste, König... Kerl, mach' nicht so ein schafsdösiges Gesicht!«

Der Balzer Theo hatte in der Tat reichlich dumm dreingeschaut zu dieser phantastischen Standrede seines Freundes. Er fuhr zusammen, als er unversehens angeschnauzt wurde, und lachte gutmütig: »No, dich hat's gleich gründlich! Mir scheint, du willst schon Vorsorge für die Zeit, wenn nichts mehr da sein wird: dann könne sie dich wegen Größenwahn ins Narrenhaus stecke und dich auf Staatskoste durchfuttere. Was für en Poschte soll denn ich kriege in deinem Königreich, wenn ich frage darf?«

»Fette Leute sind ungefährlich,« versetzte Franz Xaver, den kleinen Mann mit einem verächtlichen Blick musternd. »Du sollst mein Zeremonienmeister sein. In den Vormittagsstunden, wenn ich noch meinen Rausch auszuschlafen geruhe, kannst du das Heer der Speichellecker exerzieren und mit den Schweifwedlern Quadrillen einstudieren.«

»Du bist außerordentlich gnädig,« lachte der Bariton und verbeugte sich mit einer mokanten Grimasse. »Bist du jetzt fertig mit deiner Toilett'?«

»Wie du siehst, ja.«

»Dann zieh' dir deinen Paletot an und komm!«

»Paletot? Dergleichen brauch ich nicht, elender Pelzmarder! Als Poet strahle ich so viel innere Wärme aus, daß ich der äußeren Hülle entraten kann. Da ich aber doch der König bin und du bloß mein Zeremonienmeister, könntest du mir immerhin vorläufig deinen Pelz borgen, damit ich dem Bankier genügend imponieren kann.«

»Fällt mir gar nicht ein,« wehrte der kleine Mann ab, »kannst dir ja selber einen kaufe. Aber jetzt komm' schnell, daß net am End' der Lotteriekollekteur seine Bude zusperrt. Erst lasse mir uns emal das Geld herauszahle, und dann trage mir's ins Depot auf eine sichere Bank.«

»Auf eine Bank tragen? Daß i net lach'!« begehrte Franz Xaver auf und legte seine mächtige Tatze auf den blanken Schädel des Hofopernsängers. »Bin ich ein Philister, daß ich mein schönes Geld in Gestalt elender Papiere einschließen lasse und mit dürftigen Prozentchen rechne? Ich sage dir ja: Gold will ich sehen. Tu' du, was du magst, ich lasse mir die ganze Summe in goldene Zechinen und Doppelzechinen einwechseln.«

»Diese Idee ist so idiotisch, daß sie verdient, erhaben genannt zu werden. Ich bin dabei.« Damit stülpte Theodor Balzer seine Sealskinmütze auf und verließ mit dem König des Lebens von Mammons Gnaden das kalte Dachzimmer.

Arm in Arm eilten sie schnurstracks nach dem Bureau des Lotteriekollekteurs – die Verabredung mit Mademoiselle Biche im Café an der Ecke gänzlich vergessend.

Die Leute schauten dem sonderbaren Paare nach. Die Kälte und die Ungeduld beflügelten des langen Franz Xavers Schritte, und es war wirklich komisch anzuschauen, wie der unrasierte Galgenvogel mit dem schmierigen schwarzen Quäkerhut, dem schäbigen Jackett und den zu kurzen Hosen, die unter den Knien sich greulich bauschten, solch einen wohlhäbigen, eleganten kleinen Herrn im Schlepplau schleifte.

Das Viertellos wurde präsentiert, in Ordnung gefunden, der Gewinn in braunen und blauen Scheinen ausbezahlt und die Glückwünsche des Kollekteurs in Empfang genommen. Dann kaufte sich Franz Xaver zunächst in einem Konfektionsgeschäft die notwendige Garderobe fertig, dazu noch einen reputierlichen Hut, und dann nahmen sich die Freunde einen Wagen und fuhren der Reihe nach bei allen Wechselstuben der Stadt vor, um sich so viel Zechinen und Doppelzechinen – so nannten sie die Zehn- und Zwanzigmarkstücke – einzuwechseln, als irgend zu kriegen waren. Sie schütteten das Geld, in Ermangelung eines anderen Behälters, vorläufig in Franz Xavers alten Hut, und einer von beiden blieb immer als Schatzwächter im Wagen zurück, während der andere wechselte. Mehr als zehntausend Mark trieben sie zu Meister Meusels größtem Leidwesen bei diesem ersten Anlauf nicht auf. Vorläufig mochte das ja auch genügen.

Sie hatten von diesem seltsamen Tagewerke wirklich Hunger bekommen, zumal Franz Xaver, der noch nicht einmal gefrühstückt hatte. Sie fuhren also bei dem Restaurant von Schleich vor, und als sie da ausstiegen, erinnerten sie sich plötzlich beide gleichzeitig, daß sie das arme Mademoisellchen im Café versetzt hatten. Balzer Theo sollte derweil ein lukullisches Mahl für drei Personen bestellen und den alten Hut hüten, während Franz Xaver seinen armen Schatz aufsuchen und zur Stelle schaffen wollte. Er fuhr nach dem Café – aber da war sie nicht mehr. Die Büfettdame erzählte, daß das Fräulein zwei Stunden dagesessen sei und einen Likör genossen habe, aber nicht imstande gewesen sei, ihn zu bezahlen.

»Ich hab's mit auf Ihr Konto geschrieben, Herr Doktor,« sagte die Büfettdame. »Der Chef hat's zwar verboten, weil sie mir eh' noch so viel schuldig sind – zwölf Mark siebzig Pfennige. Mit den dreißig Pfennigen für den Anisette macht's gerade dreizehn Mark.«

Franz Xaver hatte vorsorglich ein paar Handvoll Goldstücke in jede der beiden vorderen Paletottaschen verteilt: »Bitte, Fräulein,« sagte er und warf eine Doppelzechine mit leichtem Schwung auf die Marmorplatte, daß sie lustig klingelte: »bitte, behalten Sie; zurückgenommen wird nichts, das ist bei mir Geschäftsprinzip. Und Mademoiselle Biche hat unbeschränkten Kredit bei Ihnen, verstanden? Der Sultan von Lahore hat mir nämlich eine Dichterpension von zehntausend Rupien jährlich ausgesetzt. Habe die Ehre, wünsch' guten Tag!«

Damit war er schon draußen. Das Büfettfräulein starrte ihm verblüfft nach. Er fuhr nunmehr nach der Wohnung seines Liebchens, die nicht weit entfernt war. In großen Sätzen, immer zwei oder drei Stufen auf einmal nehmend, stürmte er die drei Treppen hinauf.

Die Zimmervermieterin, ein bekümmertes altes Weib, öffnete ihm. Er griff in die Tasche, holte ein paar Goldfüchse heraus und drückte sie der sprachlos verdatterten Alten in die Hand: »Hier, Frau, falls Ihnen die Mademoiselle etwa was schuldig ist – machen's Ihna bezahlt damit.« Und dann trat er, ohne anzuklopfen, in seines Schatzes dürftiges Hinterzimmerchen.

Biche war da. Sie hatte seine Stimme draußen gehört, und sie hing ihm schon am Halse, ehe er noch die Schwelle überschritten: »Kummste du doch noch?« rief sie mit leis bebender Stimme und streichelte zärtlich seine glatte Wange – denn er hatte sich inzwischen auch rasieren lassen. Er zog die Tür hinter sich zu und küßte das blasse Gesichtchen ab, dann schüttelte er sich und rief: »Pfui Deifel, ist das kalt hier – und dei Naserl is gar das reine Eiszapferl. Warum bist denn net gleich zum Schleich kommen?«

Sie wies stumm auf ihren dürftigen Anzug.

»Also schau', mach's so wie ich,« versetzte er eifrig, auf seine neuen Kleider deutend, »nimm einen Wagen, fahr 'rum und kauf ein. Samt und Seide und Batist und Spitzen, *dessus* und *dessous*, das Feinste, was du kriegen kannst, und vergiß net die schwarzseidenen Strümpf' und Lackschuh', ganz schmal und spitz. Und wennst das beisammen hast, nachher kommst zum Schleich.«

Sie staunte zu ihm hinauf, ungläubig mit großen Augen: »*Alors, c'est vrai?*«

»Freilich is's wahr,« jubelte er, und dann versenkte er beide Hände in die Paletottaschen und warf übermütig einen ganzen Haufen Gold ins Zimmer hinein. Das sprang auf dem Fußboden umher und fiel aufs Bett und in die Wasserkanne und ins Lavoir – und ein

Goldfuchs zertrümmerte gar das Glas des elenden Spiegels über der Waschtoilette.

»Franzi! *Que fais-tu donc?*« rief sie freudig erschrocken und kniete rasch auf den Boden nieder, um den goldenen Segen einzusammeln.

»Gelt, das freut dich jetzt, Bischibischerl?« lachte er. »Da schau her, es is noch genug da – und wenn's hin ist, nachher kehrst dein Bett um und findst noch was unter der Matratzen und zerschlägst dein Spiegel und findst noch was unterm Glas. Huidie, Bischibischerl: bete mich an, ich bin der König des Lebens!« Und er warf noch eine Handvoll hoch gegen die Wand, daß es auf und hinter dem Kleiderschrank lustig klimperte, auf den Dielen kreiselte und mit hellem Schellengetön gegen Tisch und Stuhlbeine stieß. Und dann wandte er sich zum Gehen. »Also, jetzt eil' dich, Schatz – mach' dich so schön du kannst und dann komm' zum Schleich. Behüt' di Gott derweil.«

Sie erwischte den Eiligen, immer noch am Boden kniend, gerade noch am Zipfel seines neuen Paletots: »*Attends donc, cheri,*« flehte sie ängstlich. »Nu haste du so viele, viele Geld, wirste du – mir jetzt nicht heiraten?«

Da bückte sich Franz Xaver, griff ihr ums Handgelenk und machte seinen Rock aus ihren Fingern los. »Schäm' dich, Mädel,« sagte er ärgerlich, »wie kann man so geschmacklos sein, in einem solchen hohen Augenblick von so was zu reden! Heiraten – das ist ein Mantel für die verschämte Armut. Jetzt sind wir reich, jetzt gibt's für uns nur ein Gesetz und eine Pflicht: leben in Schönheit. Also mach' dich schön und dann komm!« Und fort war er.

Biche kauerte noch eine Weile am Boden und weinte, und dann sammelte sie die Goldstücke auf und verschloß sie in ihren Schubkasten. Nur ein paar davon nahm sie und ging hin und löste ihre versetzten Sachen ein und bezahlte den Klaviervermieter, der ihr das Pianino wegen rückständiger Leihgebühr wieder hatte abholen lassen, und dann ging sie in ein geringes Gasthaus und speiste für eine Mark. Darüber war es dunkel geworden. Sie kehrte heim in ihr Stübchen, schickte die Wirtin um Petroleum und Heizmaterial, und als es gegen Abend hell und warm im Zimmer war, da nahm sie die kleine Schmuckschatulle aus ihrem Schubkasten, in welche sie das viele Gold und ihre paar eingelösten Kleinodien verschlossen hatte, zog sich aus und legte sich ins Bett. Die Tür war verriegelt. Und dann zählte sie die Zechinen und Doppelzechinen auf das Deckbett hin, steckte ihre Ringe an die Finger und die Boutons in die Ohrläppchen und das mädchenhaft bescheidene Armband über das dünne Handgelenk. Dann nahm sie ein Zettelchen vor und rechnete und rechnete: Miete, Heizung, Essen, Wäsche für sich und – das Kleine – – und so weiter und so weiter. Sie bekam rote Backen dabei und sah wirklich hübsch aus. Zu Schleich ging sie aber doch nicht mehr. Um zehn Uhr löschte sie die Lampe und dann schlief sie bald ein mit allen ihren Bijouterien am Leibe, und die kleine Schatulle mit den Goldstücken hatte sie unter einen Zipfel des Kopfkissens geborgen und ihre mageren Hände darüber gebreitet.

Es war entschieden wohlgetan von Mademoiselle, daß sie nicht mehr zu Schleich ging, denn sie hätte die beiden Glückspilze schon nach zwei Stunden nicht mehr dort gefunden. Länger vermochten sie das einsame Diner nicht auszudehnen. Zudem war es in dem vornehmen Restaurant zu später Nachmittagsstunde völlig leer, und die wohlanständige Ruhe wirkte darum um so peinlicher auf die beiden Losgenossen. Zum Austoben einer unbändigen Daseinslust war das entschieden nicht der rechte Ort. Junge Russen an ihrer Stelle hätten Porzellan, Kristall und Spiegelscheiben zerschlagen, Teppiche zerschnitten und Stühle ins Ofenfeuer geworfen, aber der Balzer Theo und der Meusel Franzi konnten eben doch bei aller Eselsfreude ihr gebildetes Europäertum nicht vergessen. Franz Xaver debütierte als Grandseigneur nicht übel, indem er mit ruhiger Selbstverständlichkeit eine Flasche Rheinwein Auslese zu zwanzig Mark bestellte und mit überlegener Kennerschaft behauptete, die Marke Pommery Greno hätte sich gegen früher erheblich verschlechtert; aber das hinderte den Oberkellner doch nicht, hinter seinem Rücken respektlos zu grinsen, denn dieser noble Kenner bemerkte nicht einmal, daß er ein recht mäßiges, aufgewärmtes Menü vorgesetzt bekam, sondern war im Gegenteil von allen Speisen kindlich entzückt und ließ sich zum Schlusse gar den Koch hereinkommen, um ihm für seine talentvolle Leistung fünf Mark extra einzuhändigen. Der Heldenbariton war weniger leicht hinters Licht zu führen, denn er war durch die solide Küche seiner Frau verwöhnt und kritisierte ungeniert eine jede Schüssel. Es kam unter solchen Umständen trotz der exquisiten Weine und Zigarren zu zwei Mark das Stück keine rechte Stimmung zustande, und die Freunde waren froh, als das erste Mittagessen ausgestanden war.

Sie verfügten sich selbander in Franz Xavers Stammcafé. Das war aber auch leer um diese Zeit, und mit den paar Zeitungsmardern, die dort von drei bis sieben Uhr bei einer Schale Schwarz saßen, war nichts anzufangen. So gingen denn die beiden, nachdem sie vorher den alten Hut in Herrn Balzers Hotel deponiert hatten, aus reiner Verzweiflung in die Oper.

Meusel war total unmusikalisch, aber wenn er genügend viel getrunken hatte, rührte ihn schöne Musik gar leicht zu Tränen. Heute hatte er nur mäßig getrunken, darum langweilte er sich erheblich in der Oper, und Balzer kam auch zu keinem Genuß, denn er wußte alles besser und konnte alles besser, und es war überhaupt gar nichts gegen Stuttgart, und wenn man die Taschen voll Gold hat und *Galerie noble* sitzt, kann man überhaupt etwas ganz anderes verlangen! Er machte sich durch sein Schimpfen der ganzen Nachbarschaft unangenehm bemerkbar. Das einzige, was ihn an der Vorstellung freute, war, daß er mit Hilfe seines Opernglases im Chor eine alte Freundin entdeckte, ein imposantes Hünenweib, das er vor zehn, zwölf Jahren unter anderen geliebt zu haben behauptete. Er ging also nach der Vorstellung zum Bühnenausgang und wollte durch einen Diener seine Karte, auf der er mit Bleistift eine Einladung zum Souper für Fräulein Zenzi Huber geschrieben hatte, in die Garderobe befördern lassen. Da ward ihm vom Portier die Mittellung, daß es merkwürdigerweise ein Fräulein Zenzi Huber im königlichen Hofopernchor nicht gebe. Da er aber ein Mann von Energie war, beschloß er, den Ausmarsch der Chormitglieder zu erwarten und es darauf ankommen zu lassen, das Hünenweib unter ihnen herauszufinden.

Diese Unternehmung war nun gar nicht nach Franz Xavers Sinn, und er schimpfte weidlich darüber. Aber Balzer setzte seinen Kopf durch und erkannte auch tatsächlich die einst geliebte Huberin in einer umfangreichen älteren Dame, die in Begleitung eines spindeldürren kleinen Herrn und eines jungen Mädchens als letzte des Chorpersonals das Theater verließ. Sie war nur nicht mehr Fräulein Huber, sondern Frau Greulich, die Gattin des mageren Herrn.

»So, so, so, also Frau Greulich? Und das ist der Herr Gemahl? Freut mich, freut mich – aber sonst ist es Ihnen doch immer gut gegangen, wie?« –

Franz Xaver stand dicht hinter dem betreten nach Worten suchenden Freunde und versetzte ihm aus lauter heller Schadenfreude einen derben Puff in die Hüftengegend, als Frau Greulich, für gütige Nachfrage sich bedankend, versicherte, daß sie mit ihrem Los an der Seite ihres Mannes und auch mit ihren fünf Kindlein recht zufrieden sei, von denen das älteste schon seit zwei Jahren in die Schule ginge.

Der Bariton war wütend über seinen Hineinfall, aber um den Freund zu ärgern, faßte er einen wilden Entschluß und brachte ihn auch sofort zur Ausführung, indem er Herrn Greulich nebst Frau Gemahlin zum Nachtessen einlud. Und diese greulichen Greulichs nahmen die Einladung dankend an, weil ja die Bammsen bei der Großmutter gut versorgt seien, und erbaten die Erlaubnis, auch ihre Pensionärin, die Ballettelevin Fräulein Milly Moosgrün, mitnehmen zu dürfen, die zwar erst siebzehn Jahre und noch ein rechtes Afferl, aber bess'rer Leute Kind sei und eine feine »Büldung« besitze.

Sie zogen also zu fünfen in den Ratskeller – und es wurde ein schrecklicher Abend. Herr Greulich, das Spindelmännchen, war bereits nach dem fünften Glase Wein ausgeschaltet; sein gewaltiges Weib aber entwickelte sich unter dem Einfluß des Alkohols ins Fürchterliche hinauf; größer noch als ihr leiblicher Appetit war ihr Hunger nach stark gewürzten Anekdoten und saftigen Witzen. Sie legte eine ungewöhnliche Intelligenz im Erfassen von plumpen Anspielungen an den Tag und quittierte über solche freundlichen Zuwendungen mit kreischendem Gelächter und zärtlichen Annäherungen an den Spender.

Das sogenannte Afferl, Fräulein Milly Moosgrün, fiel Franz Xavern zu. Ein ganz hübsches Beutestück, um heimlich in einem dunklen Winkel verzehrt zu werden, aber so an öffentlichem Orte, bei elektrischer Beleuchtung, doch auch selbst für einen Zigeuner von Franz Xaver Meusels Schlage etwas genierlich. Das Mädel war nicht auf den Kopf gefallen, wenn auch die feine »Büldung«, die ihm nachgerühmt worden, lediglich aus ein paar hängengebliebenen modernen Redensarten gründeutscher Literatennaseweisheit bestand. Das Fräulein hatte in seiner kurzen Vergangenheit schon reichlich – Bewegung genossen, und zwar nicht nur in der Ballettschule. Aber amüsant war es und frech wie ein junger Dachs. Den Schampus ließ sich die Milly schmecken, aber die Tollheiten, die ihr Franz Xaver in das niedliche Ohr flüsterte, machten ihr wenig Eindruck. Sie war für das Reelle. Als ihr sonderbarer Tischherr ihr eine Handvoll Gold zeigte, das er aus der Hosentasche hervorgeholt hatte, begannen ihre grünen Augen gierig zu funkeln, und sie schmiegte sich alsbald mit einer so schwülen Zärtlichkeit an ihn, daß dem Dichter der Ekel aufstieg. Er riß ihr zwei Taillenknöpfe auf und schüttelte ihr mit einem derben Witz das Gold ins Mieder. Dann empfahl er sich, angeblich, um die Freunde aus dem Café herzuholen. Balzer wäre gar zu gern mitgekommen, aber das Hünenweib legte ihm ihre mächtigen Arme auf die Schultern und ließ ihn nicht los. Das einzige, was ihn in dieser fatalen Situation einigermaßen tröstete, war die Aussicht, nunmehr mit dem fidelen und wirklich recht hübschen Fraulein Moosgrün anbandeln zu können.

Im Café wurde Meusel, der Poet, mit lautem Jubel empfangen, denn durch das Büfettfräulein und den Oberkellner war es bereits bekannt, daß er Pensionär des Sultans von Lahore geworden war. In diesem trauten Kreise durfte er sich endlich als König fühlen und auf gebührende Anerkennung seiner Würde rechnen. Das edle Lumpengesindel, das seinen Stammtisch bevölkerte, diese brodelnden jungen Hirnschalen, die mit Schreiben, Malen, Tonkneten und Musizieren die Welt aus den Angeln zu heben gedachten, freute sich ehrlich seines Glückes und brachte seiner Stimmung volles Verständnis entgegen. Er traktierte die ganze Gesellschaft, und der Weinrausch, den er sich bereits angetrunken, war ein Kinderspiel gegen den Gedankenrausch, in den er sich in den noch übrigen Stunden dieser Nacht hineinredete. Er kam ein gutes Stück weiter mit dem Ausbau seines Königreiches in dieser Nacht, indem er eine ganze Reihe hervorragender Ämter und Würden mit den zufällig anwesenden Zechgenossen besetzte. Wer je ihm gepumpt von diesen Gesellen, dem zahlte er es heute mit Zinseszinsen heim, wer an seinem Genie gezweifelt, dem verzieh er es heute in Gnaden, und wen er bisher ein blödes Urviech geheißen, dem sank er heute gerührt an die Brust und trank mit ihm Brüderschaft. Auch mit der Büfettdame trank er Brüderschaft, obwohl sie die Geliebte des Wirtes war, und ernannte sie feierlich zur Palastdame Ihrer Majestät der Königinwitwe.

Obwohl es so gegen zwei Uhr schon recht wüst herging, hatte die Sache doch ihren eigenen Humor und Stil. Da erschien an der Tür – der Balzer Theo mit seinem greulichen Gefolge. Madame Greulich trug ihren toten Mann unter dem Arm herein, und Milly Moosgrün schwebte, anmutig torkelnd, am Arme des Heldenbaritons. König Meusel sprang zornglühend von seinem Thron auf und verbannte mit gewaltigem Stimmaufwand jene »lästigen Ausländer«, wie er sich ausdrückte, in das Hinterland von Klein-Popo. Aber als die Gesellschaft bei der Gelegenheit erfuhr, daß der kleine Herr im Pelz der andere Achtelteilhaber an Meusels kolossalem Dusel sei, protestierte sie einstimmig gegen das Verbannungsurteil und zog die vier mit Hallo an den Stammtisch. Von da an begann das Chaos.

Am hellen Mittag erst erwachte Franz Xaver in seiner Dachkammer. Er hatte fürchterliches Haarweh und vermochte sich zunächst über die Ereignisse des gestrigen Tages durchaus keine Rechenschaft zu geben. Er empfand nur, daß er einen wüsten, wüsten Traum geträumt haben müsse. Er hatte in der Lotterie das große Los gewonnen und das viele goldene Geld in einen alten Hut getan, und dann waren, wie eine Herde losgelassener Teufel aus der Hölle, fürchterliche Spukgestalten hinter ihm hergerannt, um ihm seinen Schatz zu entreißen: ein Bär mit einer Glatze und ein furchtbares Weib von kolossalen Dimensionen und wogenden Fettmassen hatten in wildem Cancan um ihn her getanzt, und ein moosgrüner Affe, der einen merkwürdig betäubenden Geruch ausströmte, war plötzlich mit dem alten Hut auf einen hohen Baum hinaufgeklettert, und zum Schluß hatte ihn, den Dichter selber, das ungeheure Weib mit einer Hand in hohem Bogen in einen Sumpf geschleudert, in dem er elend erstickt war.

Nun, erstickt war er nicht. Sein Atem ging, wenn auch noch ein wenig unregelmäßig, aus und ein, und auch sonst schien alles beim alten zu sein wie gestern früh. Den alten Hut sah er nicht, aber die Lodenjoppe und die alten Hosen mit dem charakteristischen Bausch unter den Knien hingen am Nagel hinter der Tür. Von dem neuen Gewand vermochte er nichts zu entdecken. Es war wohl alles nur ein Traum gewesen. Natürlich! Wie hätte er sonst in dieser elenden Dachkammer erwachen können! Wie war es doch gleich? – Richtig, die Biche war gekommen und hatte ihn geweckt, und dann hatte sie geweint, weil sie alle beide kein Geld zum Mittagessen hatten. Richtig! Richtig! – Aber die Biche war nicht mehr da. – Wahrscheinlich war sie fortgegangen, um etwas zu versetzen, und er war unterdes wieder eingeschlafen. – Au weh, der Schädel! – Was man doch für unsinniges Zeug zusammenträumt! – Geistige Menschen gewinnen doch notorisch niemals etwas in der Lotterie.

»Ach was, schlaf'n mer weiter, bis die Biche kommt.« – –

Aber es ging nicht mit dem Schlafen, der Schädel tat ihm gar zu weh. Da fuhr er mit einem raschen Entschluß aus dem Bett heraus, in der brünstigen Begier, sich ins kalte Wasser des elenden Lavoirs zu stürzen. Ja, was war denn das, hatte er denn die ganze Nacht in

Hosen im Bett gelegen??! – Und was für Hosen! Neue, feine Cheviothosen, Pfeffer und Salz.

Er rieb sich die Augen, strich mit den Händen über den weichen Wollstoff – und dann griff er in die Taschen. Sein Messer war darin und sein Schubkastenschlüssel und ein zerbrochener Zahnstocher und sein altes Portemonnaie mit zwei Nickel Inhalt.

»Herrgott Sakrament! Bin ich denn ...« Franz Xaver bearbeitete seinen Schädel mit beiden Fäusten. Da entdeckte er vor und unter dem Bett am Fußende das zu den neuen Hosen gehörige Gilet und Jackett. Hastig langte er beide auf und durchsuchte in größter Aufregung die Taschen. Nichts, nichts, nichts! – Doch! – In der linken Westentasche ein Goldstück – ein einziges – eine Doppelzechine! –

Er stieß einen Seufzer aus! – Also war es doch kein Traum gewesen? – Er hatte doch auch einen Paletot gehabt. Der war nicht da, und der Hut auch nicht, weder der alte noch der neue.

Er kleidete sich in fieberhafter Eile an, und dann rief er die Wirtsfrau herbei. Die wußte nur, daß sie in aller Herrgottsfrüh über einem wüsten Spektakel auf der obersten Treppe aufgewacht war. Und einen Hut, ganz zertrampelt und zerstaubt, hätte sie als Zeugen des nächtlichen Rumors vor seiner Kammertür am Boden gefunden, und der Hauswirt hätte heute morgen schon heraufgeschickt und ihr mit Kündigung gedroht, weil sich sämtliche Mieter über die greuliche Ruhestörung beschwert hätten.

Der Hut war sein Hut, sein neuer Hut. Und Franz Xaver staubte ihn mit wütenden Schlägen aus, stülpte ihn auf und sprach dann zu dem alten Weibe: »Mutter, schafft Euch einen andern Mieter für Euer Wanzenloch. Ich fluche diesem niederen Dache – es ist zu eng, es ist zu nieder für die Expansion meines Geistes, und es hat zu oft meinen Jammer gesehen! Du wirst mich nimmer wiederschauen, ehrliche Alte; man hat mich über Nacht auf den Thron berufen, ich ziehe heute noch in mein Königreich ein. Was ich Euch schuldig bin, sollt Ihr doppelt bezahlt bekommen.«

Und mit einer theatralischen Handbewegung grüßend, wollte er sich entfernen, aber die Alte erwischte ihn beim Ärmel und hielt ihn fest:

»I glaub' gar, der Herr Meusel fangt zum Spinnen an. Zahlen's mir schon lieber einfach, was S' mir schuldig san, aber auf der Stell', sell is mir lieber, als Ihre g'schwollenen Reden, Herr Meusel.«

Er zuckte die Achsel, drückte ihr das letzte Goldstück in die Hand, und als sie hinter ihm herzeterte, das sei nicht genug, verhieß er ihr, den Rest zu zahlen, wenn er seinen Lakaien schicke, um seine elenden Habseligkeiten und seine kostbaren Manuskripte abzuholen.

Franz Xaver verfügte sich in das Hotel, in dem der Balzer Theo abgestiegen war. Er fand diesen Edlen noch im Bett; sein Schädelweh übertraf das seinige noch bei weitem. Zunächst machte der »König des Lebens« seiner gerechten Entrüstung Luft, indem er den hilflos daliegenden, wimmernden Freund mit einem Hagel scharfgeschliffener Schmähworte wegen seiner Geschmacksverrohung und schändlichen Stillosigkeit überhäufte, durch die er den ersten Tag ihrer Herrlichkeit so gründlich verdorben hätte.

»Funktioniert dein Witterungsorgan?« schrie er den Bariton an. »Mir ist, als ob ich ganz und gar in Patschuli getaucht wäre; oder irre ich mich? Dieses Fräulein Affengrün, oder wie sie hieß, besitzt eine Penetranz, die mir unangenehm ist. Wenn du mir keine bessere Gesellschaft aussuchen kannst, taugst du nicht zum Zeremonienmeister. Das muß anders werden. Es muß ein Unterschied gemacht werden zwischen einem Metzger, der in der Lotterie gewinnt, und einem Dichter, der in der Lotterie gewinnt. Ich werde fortan allein die Inszenesetzung unserer Orgien übernehmen, verstanden?«

»Tu, was du willst,« stöhnte Balzer kläglich, indem er mit blöden Äuglein zu seinem gestrengen Freund hinaufblinzelte, »ich kann dir nur sagen: das Weib war fürchterlich. Wenn ich ihr bloß meine Adress' nicht gesagt hab'!«

»Also höre, was ich beschlossen habe,« fuhr Meusel streng und finster fort: »Wir werden uns zusammen eine möblierte Wohnung mieten, bestehend aus einem gemeinsamen Salon und zwei Schlafzimmern – verstehst du, *zwei* Schlafzimmer! Ich weise es weit von mir, durch die Gemeinschaft mit einem Kerl, wie du bist, das Heiligtum meines Schlafes zu schänden. Wir werden nur gemeinsam unseren Schatz hüten. Es wird natürlich nicht ausbleiben, daß gierige Hände sich danach ausstrecken, also müssen wir bereit sein, ihn zu verteidigen, nötigenfalls mit unserem Leben. Es wird abwechselnd immer einer von uns die Verantwortung übernehmen und sich selbstverständlich für die betreffende Nacht zum Zölibat verpflichten. Item, wenn einer von uns allein seine Wege gehen will, so ist es ihm unbenommen, sich so skandalös aufzuführen, als es ihm beliebt; sobald wir hingegen gemeinsam drahn gehen, ist für die Wahl der Gesellschaft mein Geschmack der allein maßgebende. Deine älteren Freundinnen sind *eo ipso* ausgeschlossen.«

Balzer, der bereits mit öfterem mißbilligenden Grunzen die Rede seines Freundes begleitet hatte, rappelte sich mühsam in sitzende Stellung empor und schnaufte ärgerlich: »Wie kommst du zu solcher Anmaßung? Es fragt sich noch sehr, wer von uns beiden den besseren Geschmack hat. Die Greulich ist nicht maßgebend – die Greulich ist eine Ausnahmeerscheinung, übrigens ist Dickwerden noch lange keine Schand' und immer noch besser als so dürre, verhutzelte, schattenhafte ...«

»Hör' schon auf mit deinem blöden Gegeifer,« unterbrach ihn Franz Xaver energisch, »und mach' dir gefälligst den Unterschied zwischen uns klar: du bist ein ganz ordinärer Banause, dessen Gurgel zufällig so konstruiert ist, daß sie Töne hervorzubringen vermag; ein Dudelsack bist du – eine Posaune meinethalben; ich aber bin Schöpfer und Gestalter! Nur dem Zufall, daß wir einmal gleichzeitig betrunken waren, verdankst du meine Bekanntschaft und das brüderliche Du. Ein Zufall war es wiederum, der uns verbunden hat zur gemeinsamen Verjuxung unseres Gewinnes. Es wird ja im wesentlichen auch auf gemeinsame Räusche hinauslaufen; aber zwischen meinem Rausch und deinem Rausch ist ein gewaltiger Unterschied: du bedarfst dazu des Alkohols, der Alkohol ist für dich das Wesentliche und der Jammer das Unausbleibliche, hingegen für mich der Alkohol nur die Rolle eines kupplerischen Sklaven spielt und der Jammer lediglich ein unbeträchtlicher Erdenrest ist. Das Gold ist mir nur ein Mittel, um mir das Leben zu kaufen. Ich studiere das bunte Leben, ich fange es in mich ein, das ist mein Rausch – ein befruchtender Rausch, der die göttliche Schöpferkraft gebiert. Hast du mich verstanden?«

»Nee.«

»Das hab' ich mir eh' denkt. – Also, jetzt beeile dich, du feistes Ungeziefer am Götterleibe des Lebens. Richte dich einigermaßen würdig her, du sollst mit mir ausgehen und unsere Behausung wählen helfen.«

Gehorsam, als ob sich das von selbst verstünde, erhob sich der Heldenbariton und machte umständlich Toilette, während der Dichter seinen alten Hut mit dem goldenen Schatz, den der kleine Freund während der Nacht in die Kommode verschlossen halte, hervorholte und sich damit vergnügte, das Gold durcheinanderzuschaufeln und zwischen den Fingern hindurchrieseln zu lassen. Er fing auch zu zählen an, gab das aber schon nach dem ersten Hundert wieder auf und murmelte nachdenklich vor sich hin: »Hm, hm, das muß anders werden: der Maßstab ist zu kleinlich, die Form zu trivial; das Geld soll fortgeworfen werden – dazu ist es da, und darüber sind wir einig; aber wir dürfen uns selber nicht mit fortwerfen – wenigstens ich nicht! In Schönheit sollt ihr vergeudet werden, ihr köstlichen Zechinen, denn ihr sollt mir Zinsen tragen. Nur das Geld, das rollt, trägt Zinsen. Wie machen wir das? Hm, hm.« Und er simulierte weiter so vor sich hin.

Als der dicke Freund endlich fertig war, wurde der Hut mit dem Gelde wieder fortgeschlossen, und dann frühstückten die beiden zusammen im Hotel. Endlich machten sie sich auf die Wohnungssuche. Es dauerte ziemlich lange, bis sie fanden, was sie suchten, aber es glückte ihnen schließlich doch, zwei kleine, durch einen in der Mitte liegenden hübschen Salon voneinander getrennte Schlafzimmer zu finden, die recht sauber gehalten und mit einigermaßen moderner Geschmacklosigkeit möbliert waren. Die Wirtin forderte einen Preis, dessen Unverschämtheit jedem einigermaßen helläugigen Menschen auffallen mußte, und über den der praktische Hofopernsänger sich auch gebührend entrüstete; aber Franz Xaver war sofort entschlossen, die Wohnung zu mieten, weil erstens einmal ein paar gute Heliogravüren nach Böcklin und Hans Thoma im Salon hingen und zweitens auf dem Sofatisch ein edles Gefäß von apart gebauchter Form und seltenem Farbenschmelz stand. Es war zwar nur aus emailliertem Ton, aber Franz Xaver hatte sich auf den ersten Blick darein verliebt und behauptete in seiner überschwenglichen Art, daß dieses Gefäß den ganzen Raum adle, ja, daß dies Gefäß allein würdig sei, ihren Schatz von goldenen Zechinen in sich zu bergen.

Er nahm es auf, betrachtete es von allen Seiten, streichelte es zärtlich und stellte es dann feierlich wieder auf den Tisch, indem er dem dicken Theodor geheimnisvoll ins Ohr raunte: »Siehst du, mein Lieber, das ist jetzt der Topf der Danaiden.«

»Wieso? Es hat doch 'en Bodde,« versetzte jener.

»Allerdings: aber das wird uns nicht weiter stören. Wir werden immer von oben nachfüllen, und es wird immer wieder leer werden. Zeus nahte sich der Danae in Gestalt eines goldenen Regens. Wir sind die Söhne der Danae; aber unsere göttliche Zwillingsbrüderschaft soll nur so lange währen, als das Geld in diesem Topf nicht alle wird. Tritt dieser Fall ein, dann sind wir geschiedene Leute auf ewig. Bist du einverstanden mit dieser Bedingung?«

»Meinetwegen, du Narr du.«

Während dieser würdige Herr sich wieder in sein Hotel verfügte, um dort aufzupacken, die Rechnung zu begleichen und dann vermittels eines Hausdieners, der auch des Dichters paar Habseligkeiten abholen sollte, den gemeinsamen Umzug zu bewirken, blieb Franz Xaver mit seinen Gedanken im neuen Heim allein. Er ließ einheizen, lüften und die Betten frisch beziehen, und während das Dienstmädchen seine Befehle ausführte, streckte er sich lang auf der Ottomane aus und dachte nach.

»Bin ich jetzt glücklicher als vor vierundzwanzig Stunden?« fragte er sich. »Gestern früh wußte ich nicht, auf welche Weise ich heute, morgen und übermorgen meinen Hunger stillen würde, heute weiß ich, daß ich auf eine ziemliche Frist keinerlei äußere Sorge haben werde. – Da steht ein schöngeformter Topf, der eine beträchtliche Weile lang stets mit Gold gefüllt sein wird. Mit diesem Golde kann ich mir schöne Dinge kaufen, die meinen äußeren Menschen präsentabel, meine Behausung behaglich und meinen Magen satt machen. Mit dem Golde kann ich mir unterjochen, was irgend Menschliches mir nahekommt und augenblicklich kein Geld hat. Ich kann mir Ruhm, Freundschaft und Weiber kaufen. Ich kann alle meine Leidenschaften befriedigen: gut essen, gut trinken, Hasard spielen, Importen rauchen und mir Kunstgenüsse leisten – alles auf beschränkte Zeit, auf Widerruf. Bin ich nun glücklich? – Ich habe schließlich auch früher immer noch Mittel und Wege gefunden, satt zu werden: ich habe Freunde gehabt, die meine Werke lobten und meine Zeche bezahlten; ich habe ein Weib gehabt, das sich mir in herrlicher Selbstlosigkeit hingab und nicht danach fragte, ob es davon Vorteil oder eitel Leid und Schande haben werde; ich habe mir schließlich auch keine wesentlichen geistigen Genüsse zu versagen brauchen, denn ich durfte mit gescheiten Menschen verkehren und konnte aus den öffentlichen Bibliotheken geistige Dokumente aller Völker kostenlos beziehen. Was habe ich also wesentlich gewonnen durch diesen Glücksfall? Die Zinsen des kleinen Kapitals, wenn ich es wie ein braver Philister sorgfältig anlegen würde, wären keineswegs ausreichend, mir dauernd die Sorge ums tägliche Brot abzunehmen. Ihretwegen dürfte ich noch lange nicht bloß die Werke schreiben, zu denen mein Dämon mich treibt. Sie würden mir höchstens auf etwas längere Zeit einige geringere Sorgen ersparen. Also handle ich durchaus eines philosophisch veranlagten Menschen würdig, wenn ich meinen Schatz nicht im Kasten verschließe, sondern ihn vielmehr jauchzend mit dem Danaidensieb in die bodenlose Tiefe schütte, die da Rausch heißt. So handle ich weise; denn für den Künstler ist der Rausch kein Luxus, sondern eine notwendige Lebensbedingung. Der Wein, das Spiel, die Liebe, das sind nur niedere Formen des Rausches – der *Machtrausch*, das ist das Höhere! Ich will sehen, wie klein die Menschen sind, und über sie lachen lernen. Das allein gibt einen Kraftzuwachs, von dem man ein Leben lang zehren kann. Ich will sie heranpfeifen wie Hunde, ich will sie streicheln und ihnen schöne Worte geben, daß sie mich beseligt anwedeln, und ich will ihnen die Peitsche zeigen und sie mit Fußtritten in die Ecke treiben, und sie sollen mir demütig die Hand lecken dafür. Damit ich aber nicht schwach werde vor Ekel bei ihrem Anblick, will ich einen wirklichen Hund zu meiner Gesellschaft haben, dessen Hündischkeit ehrliche, schöne Natur ist. Ich will inbrünstig werben um die Seele eines edlen Hundes, und wenn es mir damit glückt, so habe ich mich in eine solide Versicherung auf Treue und Dankbarkeit eingekauft. Was kann mir dann die Hündischkeit der Menschen noch anhaben?«

Und er ließ sich eine Zeitungsnummer vom Tage kommen und schaute unter den Anzeigen nach verkäuflichen Hunden aus. Dann machte er sich auf den Weg, um diesen Angeboten nachzugehen.

Auf der Maximilianstraße traf er einen jungen Mann, der mit *seinem* Palelot bekleidet lustwandelte. Er ergriff den jungen Mann bei einem der mittleren Knöpfe und wollte ihn mit gebührender Entrüstung an die Wand werfen, als ihm dieser mit ebenso gebührender Entrüstung erklärte, daß er, Franz Xaver Meusel, ihm diesen Paletot gestern nacht zum Dank für seine Begleitung geschenkt habe. Er kaufte sich also einen neuen Paletot, bevor er auf die Hundesuche ging.

Der Balzer Theo sah seinen Freund erst am späten Abend wieder.

»Mensch, wie schaust du aus,« rief er, ehrlich erschrocken über den Anblick, der sich ihm bot, denn Franz Xaver war im Gesicht arg zerkratzt und hatte die rechte Hand dick verbunden. »Wo hast denn du herumgerauft?«

Und Franz Xaver erzählte: »Ich habe mir einen Hund gekauft, eine hochherrliche Bestie, einen echten Barsoi – du weißt, einen russischen Windhund, schneeweiß, mit einem gelben Fleck auf der Stirn. Eine Schnauze, so lang und so spitz wie ein Ameisenbär, und den prachtvollen Schweif trug er lang herabhängend bis fast auf den Boden, und nur ganz unten sanft hinaufgeschwungen. Und den Stammbaum wie ein Fürst. Ich habe ihn geradezu geschenkt bekommen, für hundert Mark. Froh habe ich ihn genannt, nach dem alten deutschen Gotte. Und da es um die Zeit der Jause war – diniert hatte ich draußen in Sendling in einem Beisel –, kehrte ich also mit ihm in eine Konditorei ein. Mein Barsoi hat die raffinierte Eleganz eines aristokratischen Dandys, dem bietet man keine Wurstschalen an. Ich ging also mit ihm in die Konditorei und ließ ihm eine Schaumtorte servieren. Es war ein Götterspaß, ihn die verschlingen zu sehen. Und dann legte er seine Vorderpranken auf den Ladentisch und prüfte mit Kennerblicken die ausgelegten Herrlichkeiten, bevor er sich entschloß, mit seiner roten, heraldischen Schlappzunge in eine Schale mit Pralinés hineinzufahren. Das Ladenfräulein wollte ihn verjagen, da warf er versehentlich etliche Kristallschüsseln herunter. Darob gab es ein großes Hallo im Lokal, und das herrliche Tier setzte in seiner Verwirrung über Tische und

Stühle und den Gästen zwischen die Beine – na, male dir die Szene nach deinem Belieben möglichst dramatisch aus. Das Banausenvolk vermochte den Humor der Situation nicht zu erfassen, und mich hieß man samt meinem Froh das Lokal verlassen, nachdem ich für Zeche und Schadenersatz gegen dreißig Mark entrichtet hatte. Draußen auf der Straße sprang mein Froh davon, indem er mit lustigem Gebell seinem Vergnügen über das Abenteuer Ausdruck gab. Ich pfiff, ich rief, ich brüllte, Froh hörte nicht. Ich rannte ihm nach über die ganze Theresienwiese und erwischte ihn endlich beim Sendlinger Tor, wo er, meiner nicht achtend, sich mit einigen hündischen Gassenbuben vergnügte. Von hinten schlich ich mich an ihn heran, kriegte ihn fest am Kragen und prügelte auf ihn los. Ich mußte ihm doch begreiflich machen, daß ich fortan sein Herr sei; woher sollte er das sonst wissen? Eine Schaumtorte konnte ihm ja doch schließlich jeder hergelaufene Lackel verabreichen lassen. Froh aber, in seinem ungebrochenen Kraftgefühl, wollte nicht anerkennen, daß ich mir für hundert Mark das Recht erworben haben sollte, ihn zu mißhandeln, und darum sprang er in berechtigter Notwehr gegen mich an, verkratzte mir das Gesicht und biß mich in die Hand. Brust an Brust, Mann an Mann, haben wir gerungen, bevor er mich in die Hand biß und ich ihm einen Tritt in die Weichen versetzte; da nahm er Reißaus und ich verfügte mich zu einem Doktor, um mir die Wunde auswaschen und verbinden zu lassen. Dann fuhr ich wieder nach Sendling hinaus zu dem Mann, der mir das Prachttier verkauft hatte; denn ich meinte natürlich, Froh müßte in angeborener Hundetreue zu seinem ersten Herrn zurückgekehrt sein. Dem war aber nicht so. Dann bin ich also auf die Polizei und habe den Verlust angezeigt, und auf die Zeitungsbureaus und habe eine Belohnung ausgeschrieben – na, und darüber ist's halt Abend geworden.«

»Sei froh, daß du das Mistvieh los bist,« tröstete Balzer Theo.

Aber Franz Xaver schüttelte das Haupt und sagte: »Ich werde vielmehr alles daransetzen, das Tier wiederzubekommen. Ich will um seine Seele werben, bis ich sie bezwungen habe. Sein früherer Herr sagte mir: ›An dem wern's fei a Freid ham, der tut eh' was er mag.‹ Das imponiert mir. Da sehe ich eine Aufgabe für mich winken; diesen Stolz will ich zu meinen Füßen zwingen, und dann soll es mir eine Ehre sein, Froh meinen Freund nennen zu dürfen.«

Ohne eine Miene zu verziehen, hatte der dicke Freund der abenteuerlichen Erzählung gelauscht. Und als Franz Xaver damit fertig war, stellte er sich vor ihn in Napoleons Positur und begann also: »Jetzo sag' mer also,« – dabei blickte er finster zu ihm empor, und seine Glatze errötete – »wenn jetzt das Vieh, was Gott verhüt', wieder eingefange wird, soll des am End' hier auch mit logiere?«

»Selbstverständlich,« versetzte Franz Xaver würdevoll, »mein Hund gehört zu mir.«

»So, da willst du ihm vielleicht ein Himmelbett mit Batistwäsche und Atlasdecke herrichte lasse?«

»Das ist eine gute Idee von dir, Theo.«

»Ich bedank' mich aber! Ich mag net – ich verbitt' mir so e Gesellschaft.«

»Du verbittst dir?! Weißt, Freunder!, was die G'sellschaft betrifft, so behaupte ich, daß mein Geschmack *a priori* dem deinigen überlegen ist; ich erinnere dich nur an Zenzi Greulich. Mein Froh ist ein Kavalier für Prinzessinnen, und wenn mein Froh ...«

»Und ich sag' der, Freundche, ich leid' die Hundswirtschaft net. Ich will de Topf gemeinschaftlich mit dir hüte, und so gut wie der halbe Topf mein gehört, hab' ich auch in alle gemeinsame Frage die Hälft' zu sage.«

Sie kamen immer weiter ins Streiten hinein über den Hund, der vorläufig noch sozusagen in der Luft schwebte, unbekannten Aufenthaltes wie er war. Im Zorn gingen sie auseinander. Der Balzer Theo, um zu sumpfen, der Meusel Franz, um grollend das Haus und den Topf zu hüten.

Er legte sich zeitig schlafen, nachdem er vorher die schwierige Frage, wo das kostbare Danaidengefäß sicher unterzubringen sei, in wahrhaft genialer Weise gelöst hatte. Nachdem er nämlich im Wohnzimmer alle verschließbaren Schubkästen und Schranktüren geprüft und die Schlösser sämtlich gleich unzuverlässig gefunden hatte, kam er nach einigem Nachdenken auf den sinnreichen Ausweg, ihn einfach in das Nachtkastel zu stellen, wogegen das dort hingehörige untergeordnete Gefäß seinen Platz unter dem Bett erhielt. Er schlief beruhigt ein und träumte von seinem hochherrlichen Hunde.

Am anderen Morgen erhob er sich zu ungewöhnlich früher Stunde. Sein Glückskumpan schlief natürlich noch. Er hatte sich eingeriegelt. Franz Xaver ließ ihn schlafen und nahm sein Frühstück in dem gutgeheizten Wohnzimmer ein. Dann richtete er umständlich den Schreibtisch zur Arbeit her. Er wollte etwas für die Unsterblichkeit tun; aber es fiel ihm nichts ein. Sobald er draußen auf der Straße einen Hund bellen hörte, sprang er ans Fenster, um nachzuschauen, ob es nicht vielleicht Froh wäre. Und wenn es draußen schellte, lief er selbst, um zu öffnen, weil es doch vielleicht jemand sein konnte, der den Froh heimbrächte und sich die Belohnung holen wollte. Um elf Uhr hielt er es vor Ungeduld nicht mehr aus. Er weckte mit fürchterlichem Gepolter den Heldenbariton, übergab ihm den Topf zur Verwahrung, und dann ging er aus. Zunächst zum Barbier und dann mittels Droschke nach Sendling hinaus.

Der Hund war nicht da. Treue schien also nicht seine Sache zu sein. Der Biedermann, der ihm das Tier verkauft hatte, klopfte ihm gemütlich auf die Schulter und tröstete ihn freundlich: »Den krieget Se schon wieder, Herr, den b'hält Ihne ka Mensch länger, wie er grad' muß, den Streuner, den elendiglichen. Ich hab'n zwoamal von der Polizei, dreimal vom Abdecker und fünfmal von Privaten ab-g'holt, und a jedesmal hab' i a g'schmalzne Rechnung zahlen derfen. Des amal hat er an Kalbsbraten z'samm'g'fressen g'habt, 's andermal an neuchen Sofaüberzug z'rissen und wieder amal zwoa Gäns' und an Gockelhahn totbissen. Amal hat er an alt's Frailein auf der Gassen umg'rennt, daß's glei i a Pfützen neipatscht is mit dem Sitzteil: vor G'richt hab' i müassen z'wegen Haftpflicht und Sachbeschädigung. Des Hundsviech, des sakrische, kost mi über dreihundert Mark, des können's mir fei glauben, mei Leaber.«

»Und so eine Malefizbestie verkaufen Sie mir um hundert Mark?« begehrte Meusel lachend auf.

Aber jener erwiderte treuherzig: »No ja, was i Eahna sag': über zweihundert Mark Schaden hab' i dabei alleinig von de großen Auslagen, de wo des Viech mich kost' hat. I gib Eahna an guten Rat: schicken's den Hund auf die Ausstellung. Mit so an Stammbaum,

wie der hat, können's ihm leicht um dreihundert Mark weiterver-
kaufen.«

Franz Xaver bedankte sich für den guten Rat, setzte sich wieder
in seinen Wagen und fuhr den langen Weg zurück. Bei der Polizei
wußten sie auch nichts von Froh. So kehrte er denn vorläufig be-
trübt nach Hause zurück. Und da war mittlerweile ein Dienstmädchen gewesen, das hatte eine Karte abgegeben von einer Dame, der
ein weißer, russischer Windhund mit gelbem Abzeichen zugelaufen
war. Sie hatte die Verlustanzeige im Morgenblatt gelesen, aber das
Dienstmädchen hatte sich nicht getraut, das starke Tier selbst an der
Leine nach der angegebenen Adresse zu führen, darum ließ die
Dame sagen, daß der Herr selber kommen und den Hund abholen
möchte, falls er ihn als den seinigen anerkenne. Die Visitenkarte mit
der Adresse hatte das Mädchen dagelassen. Eine ganz kleine Karte
war es. »Lona Gregory, geborene Manegold« stand darauf gedruckt, und darunter in violetter Tinte in zierlicher, klarer Schrift
die Adresse. Es war gar nicht weit von der Behausung der Freunde,
und Franz Xaver machte sich sofort zu Fuß dahin auf.

Die Dame war zu Hause. Herr Meusel wurde in einen sehr eleganten, kleinen Salon geführt und gebeten, einen Augenblick zu
warten. Er erinnerte sich nicht, jemals in einem so eleganten kleinen
Salon gewesen zu sein. An den Fenstern hingen Stores aus leichtes-
ten Geweben und darüber Draperien von schweren Stoffen. Ge-
dämpft nur drang der Wintersonnenschein herein und rührte ein
schier betäubendes Farbenspiel von weichen, bunten Reflexen auf.
Ein dicker Smyrnateppich bedeckte den ganzen Fußboden, und
darüber waren noch vor dem kleinen koketten Sofa und vor dem
Schreibtisch prächtige Felle mit Tierköpfen geworfen. In der Mitte
des Zimmers stand ein verschnörkeltes Polstermöbel, ein sogenanntes *dos-à-dos*, wie sie damals Mode waren. Das Sofa war mit dunkel-
blauem Atlas bespannt und eine Menge schwellender Kissen da-
raufgeworfen. Der Schreibtisch war ein schöngeschweifter, blank-
furnierter und mit Bronzebeschlägen verzierter Sekretär im Stil der
Boulemöbel. In der Ecke zwischen dem Sekretär und dem Fenster
stand ein vergoldeter Korb mit einer schönen Palme darin, und
überall im Zimmer, auf kleinen Tischchen, Wandschränken und
Säulen eine Menge anmutiger, kapriziöser Nippes verstreut. Die
Bilder waren ausschließlich schwarzweiß, Radierungen, Stiche,

Heliogravuren – Landschaften und Figürliches, meist erotisch-mythologisch.

Nachdem Franz Xaver aufmerksam die Einrichtung gemustert halte, blickte er ängstlich befangen an sich hinunter. Er war da so recht nach deutscher Bärenmanier mit Hut, Stock und Überzieher in all diese Zierlichkeit hineingetappt, und die unförmigen Wichsstiefel nahmen sich auf dem schönen Teppich vollends stillos aus. Dazu noch die mit Verbandgaze umwickelte, frostrote Tatze – nein, er paßte hier nicht hinein! Er wagte auch nicht, sich niederzusetzen, denn die dünnbeinigen Goldstühlchen, meinte er, würden sein Gewicht nicht aushalten und den Atlas des Sofas, wie den Plüsch des *dos-à-dos* wagte er nicht mit dem Düffel seines Ulsters oder dem Cheviot seiner Hose in Berührung zu bringen. So stand er denn immer noch steif und verlegen an der Tür, als Frau Lona Gregory, geborene Manegold, hereintrat.

»Himmelsakrament!« fühlte Franz Xaver. Es gab ihm ordentlich einen Ruck. So was war ihm noch nicht lebendig untergekommen. Ein Bild war das wie von einem der großen englischen Porträtisten zu Anfang des Jahrhunderts. Ganz plötzlich stand sie da, hingezaubert in dem weißen Türrahmen. Die Dame war kaum mittelgroß, aber ihr schlanker Wuchs ließ sie, weich umflossen von den edlen Falten eines goldbraunen Plüschgewandes, hoch und stolz erscheinen. Der mit Goldspitze besetzte steife Kragen stand zurückgebogen eine Handbreit ab von dem Rückenteil des Gewandes und bildete so einen wirkungsvollen Rahmen für den merkwürdig weißen feinen Hals. Vorn fiel das Gewand der ganzen Länge nach lose auseinander, und es kam eine Taille und ein Rock von duftigstem cremefarbenen Spitzenstoff zum Vorschein. Auch aus den weiten Ärmeln quollen diese Spitzen hervor und verbargen völlig die Hände, wenn sie die Arme hinabhängen ließ, wie eben jetzt. Das Merkwürdigste an der ganzen Erscheinung war aber der Kopf. Ein kleiner Kopf mit einem schmalen Gesicht und darauf in mächtiger Fülle fuchsrotes Haar, in dicken Zöpfen hinten aufgesteckt und vorn in lockeren Wellen tief über die Stirn gelegt. Das Gesicht war ebenso merkwürdig weiß wie der Hals; von jener unheimlichen Blässe der Rothaarigen, und auch die charakteristischen Sommersprossen fehlten nicht, deutlich bemerkbar, obwohl sie der Winter beträchtlich gebleicht haben mochte. Die schmalen, nur ganz leicht aufgeworfenen Lippen waren blutrot, die Nase ein bißchen zu groß und merklich schief, die Augen klar und grünfunkelnd, die dünnen, flachen Bogen der Brauen darüber zweifellos braun nachgefärbt. So stand die Dame auf der Schwelle und hielt ihre linke Hand in dem weißen Fell des hochherrlichen Köters Froh vergraben. Es war wirklich eine raffinierte, malerische Zusammenstellung, diese rote Nixe in goldbraunem Plüschgewand, und an ihre Seite geschmiegt dieses vornehme Rassetier mit seinem weichen, seidigen Behang und der angeborenen Noblesse der Haltung.

Franz Xaver verbeugte sich linkisch und trat einen Schritt näher, die verbundene Hand gegen seinen Hund ausstreckend: »No, da is er ja, der Ausreißer. Da gehen Sie her, Sie Lump! Seien Sie so freundlich – ja, wenn ich bitten dürfte.«

Aber Froh dachte gar nicht daran, der höflichen Lockung zu folgen. Sobald ihn die Dame losgelassen hatte, um die Tür hinter sich zuzuziehen, schlich er geduckt, mit eingezogenem Schweif, weit ausgreifend wie eine Katze, lautlos über den Teppich und verkroch sich unter dem Sekretär. Und sobald sein neuer Herr nur einen Schritt in der Richtung auf sein Versteck hin tat, streckte er den spitzen Kopf lang vor, knurrte unheimlich und fletschte bedrohlich das prachtvolle Gebiß.

»O, o, o,« sagte die Dame, »wer wird so bös sein!«

Und Franz Xaver verbeugte sich abermals und sagte lächelnd: »Ich hab' erst einen Tag die Ehre, sein Herr zu sein. Aber Sie sehen, gnädige Frau, er ist doch so freundlich, sich meiner zu erinnern, obwohl er bisher nur eine Schaumtorte und eine Tracht Prügel von mir empfangen hat. Na, wenigstens bestätigt er Ihnen mein Recht, hier als Eigentümer aufzutreten.«

Die Dame lachte und zeigte zwei Reihen weißer, kleiner Zähne:

»Ich will diesem Zeugnis Glauben schenken. Aber mir scheint, wir drei werden uns nicht so ohne weiteres auseinandersetzen können. Wollen Sie nicht ablegen, mein Herr? Es ist sehr warm hier.«

»Entschuldigen Sie nur bitte, daß ich so hereingestolpert bin ... « Der gute Mann kam ins Stottern, schaute unschlüssig um sich und ging dann zur Tür hinaus, um sich draußen seiner plumpen Überhülle zu entledigen. Dann kam er wieder herein und folgte ihrer

Aufforderung, Platz zu nehmen. In seinem neuen Pfeffer-und-Salz-Anzug sah er immerhin trotz der Wichsstiefel einigermaßen möglich aus. Frau Gregory saß auf dem blauen Sofa, er ihr gegenüber auf einem niedrigen Fauteuil.

»Darf ich fragen, gnädige Frau, was er Ihnen bereits zerschlagen, zuschanden gemacht oder weggefressen hat?«

»O, noch gar nichts,« rief sie amüsiert, »er hat sich bis jetzt ganz manierlich benommen. Gestern abend, als ich vom Theater nach Hause ging, gesellte er sich zu mir, und da er absolut nicht zu bewegen war, von meiner Seite zu weichen, so nahm ich ihn mit herauf. Er sollte im Korridor schlafen, aber da fing er zu heulen an. So ließ ich ihn denn in mein Schlafzimmer, und da hat er die ganze Nacht ganz brav auf dem Ziegenfell vor meinem Bett gelegen.«

»Eine geschmackvolle Bestie,« sagte Franz Xaver und ließ seine Blicke mit naiver Bewunderung auf der merkwürdigen Frau ruhen.

»Finden Sie?« erwiderte sie und kniff kokett die Augen halb zu.

»Herrgott,« fuhr Meusel fort, »hat so ein Hund es gut – wenn er von guter Rasse ist und Geschmack hat *nota bene*. Was wäre ich für ein Dichter, wenn ich Hund sein dürfte!«

»O, Sie sind Dichter,« rief Frau Gregory lebhaft interessiert, »ein rechter Dichter von Amts und Berufs wegen?«

»Allerdings, ja. Wenigstens habe ich es mir bisher eingebildet. Aber ich nehme es nicht tragisch, gnädige Frau, ich bin wahrscheinlich bloß Dichter, weil ich zu etwas Ordentlichem kein Talent habe. Ich weiß ganz gut, daß ein Großkaufmann oder ein sinnreicher Erfinder oder ein wirklicher Feldherr ganz andere Werte erzeugen als unsereiner, für den alle Dinge dieser Welt, die Gedanken, wie die Erscheinungen, nur Spielzeug sind. Wir sind auch nur Kinder – wir werden nicht ernst genommen. Wir dürfen in der Gesellschaft unsere Kunststücke vorführen, und wenn wir lieb, artig und hübsch sind, dann werden wir verzogen und verhätschelt und kriegen Gutsel in den Mund gesteckt. Aber die Großen bekommen uns immer nach kurzer Zeit überdrüssig, und dann werden wir hinausgeschickt, und wenn wir schreien, werden wir verprügelt.«

Während er das sagte, verschlangen seine Augen abwechselnd die Spitze eines schmalen Lackschuhes, der vorn unter den Spitzenvolants hervortauchte, und die zarten Wölbungen, die in dem Halsausschnitt vorn sich eben andeuteten, wie sie so vorgebeugt ihm gegenüber lauschte.

Sie bemerkte es, zog den Fuß zurück und richtete den Oberkörper auf. »Das ist aber furchtbar nett, was Sie da sagen,« rief sie mit einem ganz flüchtigen Erröten. »Wissen Sie, daß Sie der erste richtige Dichter sind, den ich kennen lerne? Ich habe in einer kleinen Stadt gewohnt, und mein Mann sah nur Geschäftsfreunde und Verwandte um sich, die auch alle Geschäftsleute waren. Ich bin erst seit vier Wochen hier in München, und ich bin nur zu dem Zwecke hierher gezogen, um endlich einmal andere Menschen als immer nur Geschäftsleute kennen zu lernen. Ich habe mich immer brennend für alles interessiert, was Kunst heißt. Hier in München soll ja alles davon durchsetzt sein und überhaupt die Gesellschaft so riesig interessant – so gar nicht philiströs, so ... Ich weiß nicht, wie ich sagen soll – *frei* möchte ich's nennen, wenn Sie mich nicht mißverstehen wollen; denn unter frei versteht man in der engen Philisterwelt draußen unanständig.«

»Und nun sehnen sich gnädige Frau danach, das unanständige Leben kennen zu lernen?« sagte Franz Xaver leise, aber dreist.

»Ach gehen Sie, Sie sind ja bös,« lachte sie kokett. »Ich sehe, Ihnen kann man sich auch nicht anvertrauen. Es hätte mich so gefreut, einen zuverlässigen Führer und Berater hier zu finden; denn wissen Sie, ich bin entsetzlich scheu. Ich traue mich kaum, einen Schritt allein zu tun, denn ich weiß ja gar nicht, was man soll und was man darf, verstehen Sie mich?«

»Gnädige Frau sind Witwe?« fragte der Dichter statt aller Antwort.

»Nein, geschieden,« versetzte sie leise, indem sie mit ihren Fingern zu spielen begann, »seit vier Wochen bin ich endlich frei, und da bin ich gleich hierher gezogen. – Erzählen Sie mir doch etwas von München.«

Franz Xaver faßte den blassen Fuchskopf fest ins Auge und strengte sich an, die dämonische Glut eines Romanhelden in seinen

Blick zu legen, als er erwiderte: »Seit vier Wochen ist München die interessanteste und glücklichste Stadt der Welt, schöne, gnädige Frau – mehr weiß ich nicht davon zu erzählen.«

Das Kompliment saß. Sie wußte nichts zu erwidern, sondern schauderte nur nervös zusammen, und dann erhob sie sich rasch, als wollte sie der gefährlichen Unterhaltung ein Ende machen. Mit einem hörbaren Seufzer erhob sich auch Franz Xaver.

Unruhig, zwecklos, mit kleinen, hastigen Schritten ging die merkwürdige Dame hin und her, faßte unschlüssig dies und jenes Möbel an, und dann kniete sie plötzlich auf den Teppich nieder und kroch auf ihren Sekretär zu. »Komm doch, du schöner Hund! Komm doch her! Vor mir wirst du dich doch nicht fürchten?« schmeichelte sie mit ihrer angenehmen, weichen Stimme, und streckte die weiße Hand, mit den Fingern schnickend, dem immer noch grollend geduckten Tier entgegen. »Wie heißt er doch?« fragte sie, zu dem Dichter hinaufschauend.

»Froh,« antwortete der. Da stand er vor dem blauen Atlassofa, rasch atmend, den Kopf zwischen die hochgezogenen Schultern geduckt und sog das wunderschöne Bild gierig in sich ein, das das auf dem Teppich kniende Weib seinen trunkenen Sinnen in Farben und Linien darbot.

Und nun schob sie ein Knie noch weiter vor und streckte den Körper lang aus, um mit der Hand den Kopf des Hundes zu erreichen. »Ei, mein Froh, mein schöner Froh,« gurrte sie zärtlich. Und das Tier kroch wirklich hervor unter dem Möbel und gab seinen schlanken Kopf der liebkosenden Hand hin.

Franz Xaver hatte kein Auge für seinen Hund. Er sah nur die zwei Handbreit von einem schlanken Bein in glattem schwarzem Seidenstrumpf, das da unter dem goldbraunen Plüsch und einem weißen Spitzensaum hervorgetaucht war. Das war mehr, als er vertragen konnte. Er trat einen Schritt vorwärts und stürzte dicht neben der Nixe auf die Knie.

»Da haben Sie Ihren Hund,« sagte Frau Lona im selben Augenblick ganz laut und klar. Sie hielt das Tier ganz fest beim Halsband gepackt und gab ihm dieses in die Hand. Und der Dichter wurde rot wie ein kleines Mädchen und stammelte etwas ganz Undeutliches, indem er den Kopf des Hundes an seine Brust drückte und alle Zärtlichkeit über ihn ausgoß, die für ein Stückchen weiter weg bestimmt war.

Währenddessen stand die Dame auf und nahm eine Haltung an, welche deutlich besagte, daß die Angelegenheit hiermit erledigt sei. Der Hund schien sich noch im unklaren zu sein, ob er das süße Getue des groben Herrn von gestern für bare Münze oder pure Heuchelei ansehen sollte. Er schaute fragend zu der schönen Dame auf – und dasselbe tat auch Franz Xaver.

Da ging die Tür zum Nebenzimmer auf, und ein etwa fünfjähriger Knabe trat über die Schwelle, machte einen mißtrauischen Bogen um den Hund herum und nestelte sich dann in das Plüschgewand der roten Frau ein. »Mama,« fragte das Kind, »nimmt der Mann den bösen Hund jetzt fort?«

»Ja, mein Herzchen, das tut er wohl,« antwortete die Mutter, »aber du mußt nicht sagen, daß der Hund böse sei; uns hat er doch nichts getan.«

»Er hat aber doch so lange Zähne gemacht, wie ich ihn pieken wollte,« sagte der Kleine weinerlich.

Da lachte Franz Xaver so laut, als hätte er nie einen besseren Witz aus Kindermund gehört. Und das Lachen kam ihm gerade recht, um seine Verlegenheit zu verbergen. »Ei, mein Prinz,« fügte er hinzu, »willst du mir nicht das Handerl geben?«

Dem Kleinen war die verbundene Tatze, die ihm der Mann entgegenstreckte, wohl unheimlich, denn er wandte sich energisch ab und verhüllte sich ganz mit dem goldbraunen Plüschgewand.

»Ein lieb's Buberl,« sagte Franz Xaver, sich erhebend und ganz gegen seine Überzeugung, denn das Kind war unzweifelhaft garstig. Die furchtbar dünnen Beinchen steckten in ausgetretenen Schlappschuhchen und halb heruntergefallenen geflickten braunen Wollstrümpfen. Sein blaues Kittelchen war recht unsauber, und auf dem kurzen Hals saß zu alledem ein kühngeschwungener Wasserkopf, mit struppigem brandrotem Haar bedeckt.

»Sie sehen,« sagte Frau Gregory, ihre beweglichen Nüstern ironisch blähend, »ich führe den Beweis meiner Unschuld immer bei mir.«

Franz Xaver lächelte verständnislos.

Sie fügte erläuternd hinzu: »Wäre ich der schuldige Teil gewesen, so hätte man mir den Jungen doch nicht gelassen.«

»Ah so,« Franz Xaver verbeugte sich linkisch. »Ein ästhetisch gebildeter Mensch würde Sie, meine gnädige Frau, auch niemals für den schuldigen Teil halten können.«

»Sie sind ja ein ganz raffinierter Schmeichler,« lachte Frau Gregory, die jetzt ihre ganze Sicherheit wiedergewonnen hatte: »ich glaube, vor Ihnen muß man sich in acht nehmen.«

Er seufzte komisch: »Ich bin ja nur ein Dichter. Ich mach' halt meine Kunststücke. – Aber jetzt muß ich mich wohl als entlassen betrachten?«

Sie zögerte ein Weilchen mit der Antwort, dann sagte sie unsicher: »Ich wollte allerdings noch ein bißchen mit dem Kinde spazieren gehen; aber ...«

Er fiel rasch ein: »Also leben Sie wohl, gnädige Frau. Diese verwickelte Faust kann ich Ihnen wohl nicht anbieten. Nehmen Sie meinen schönsten Dank für die Gastfreundschaft, die Sie meinem Froh erwiesen haben. Herrgott, wär' ich froh, wenn ich Froh wär' – nachher wüßt' ich immer, wohin ich durchbrennte, wenn ich mir zu fad würde. Pfüet di Gott, kleiner Prinz. Habe die Ehre, Gnädigste!« Damit schritt er rückwärts, den heftig widerstrebenden Hund am Halsband nachzerrend, gegen die Tür. Da fiel ihm noch etwas ein. Er versenkte die verbundene Hand mit Mühe in die Hosentasche, holte eine Anzahl Goldstücke daraus hervor und sagte, sie der Dame entgegenstreckend: »Bald hätte ich vergessen. Ich bin Ihnen ja noch die ausgeschriebene Belohnung schuldig.»

Frau Gregory wehrte lachend ab; aber ihre grünen Augen funkelten seltsam, als sie das viele Gold in der Hand dieses grobschlächtigen Gesellen sah. »Hui, Sie sind ein nobler Herr! Aber ich lasse mir so kleine Liebesdienste nicht bezahlen. Geben Sie dem Mädchen eine Kleinigkeit, wenn Sie wollen.«

Damit trat sie zu ihm, öffnete die Tür und rief in den Korridor hinaus nach dem Mädchen: »Pepi, hilf dem Herrn in den Paletot. – Warten Sie, ich werde so lang' den Hund halten.«

Der Dichter ließ sich in den Paletot helfen, und dann steckte er der Pepi eine Doppelzechine zu.

»Jessas!« rief das Mädchen schier tödlich erschrocken.

»Damit Sie meine Adresse nicht vergessen, Fräulein, falls das Viech wieder bei Ihnen vorsprechen sollte.« Er lachte der Pepi ermunternd zu, und dann nahm er der Dame den Hund wieder ab und empfahl sich endgültig.

Er hatte die Korridortür bereits geöffnet, und es war nun der Hund, der, hinausstrebend, ihn vorwärtszerrte. Aber wie er sich umwenden wollte, um die Tür hinter sich zuzuziehen, sah er, daß die schöne Dame ihm nachgegangen war. Das Büblein mit dem Wasserkopf schien das nicht dulden zu wollen. Es schrie ungebärdig und versuchte, die Mutter am Rock wieder ins Zimmer zu zerren.

»Ach, Herr Meusel,« rief Frau Gregory, »auf ein Wort noch.«

Franz Xaver machte kehrt und stand dicht vor ihr.

»Du unartiges Kind, du!« rief die Dame, sich umwendend, indem sie dem Kleinen einen derben Klaps auf die Finger gab. »Wirst du mich wohl loslassen? Pepi, nehmen Sie den Kurt mit hinein.«

Kurt schrie fürchterlich und wurde abgeführt. Und nun stand die nixenhafte Schöne, hochatmend von der kleinen Aufregung, dicht vor Franz Xaver. Der sah in dem dunklen Korridor ihre seltsamen Augen sonderbar zu ihm hinauffunkeln.

»Darf ich Sie an Stelle der versprochenen Belohnung um eine Gefälligkeit bitten?« flüsterte sie.

»Bitte, verfügen Sie über mich. Gnädigste,« versetzte er ebenso leise.

»Ich habe so viel von den berühmten Redouten im Deutschen Theater gehört. Ich habe hier zwar ein paar Bekannte, aber die gehen nicht zu so was – und ich möchte doch für mein Leben gern einmal eine richtige Münchener Redoute mitmachen. Da kommt mir eben der Gedanke – wenn Sie mich vielleicht chaperonieren möchten.« Ihr reiner warmer Atem hauchte ihn an, und ihre weiche gedämpfte Stimme umschmeichelte seine Ohren.

»Aber selbstverständlich, mit tausend Freuden, Gnädigste,« beeilte er sich zu versichern. »Gehen wir gleich Mittwoch auf den *Bal paré*. Um punkt zehn Uhr bin ich mit dem Wagen da und hole Sie ab. Ist's recht?«

»Danke herzlich. Ich werde mich fertig halten. Punkt zehn Uhr bin ich unten an der Tür.«

Der Korridor war so dunkel, und ihre warme Nähe so berauschend. Er konnte nicht widerstehen. »Ach süße, schöne, reizende ...« flüsterte er glühend – aber weiter kam er nicht, denn Froh vermochte seine Ungeduld, in die frische Luft zu kommen, nicht mehr zu zügeln. Er sprang an, und das gab einen Ruck, dem auch der schwere große Mann nicht widerstehen konnte. Er taumelte über die Schwelle und erwischte im Schwung glücklicherweise noch das Treppengeländer, sonst wäre er bös hinuntergekugelt.

Mit unheimlicher Geschwindigkeit beförderte ihn Froh die drei Stockwerk hinunter, und wie hingeschleudert befand er sich plötzlich auf der Straße. Auslassen durfte er um keinen Preis, sonst war er seinen stolzen Hund für etliche Zeit wieder los. Hopp, hopp, ging's über den Fahrdamm, und auf dem jenseitigen Trottoir erschien der nächste Laternenpfahl dem Froh gerade geeignet, um daran seine Visitenkarte abzugeben. Sein Herr mußte notgedrungen so lange warten, bis diese Unternehmung zu Frohs Zufriedenheit erledigt war. Unwillkürlich blickte er zu den Fenstern des dritten Stockes gegenüber hinauf. Richtig, da stand sie und nickte ihm lachend zu.

»Mistvieh, elendigliches!« konnte er sich nicht enthalten, das Tier in Begleitung eines nachdrücklichen Puffes anzuknurren: »konntst net a bissel warten?« Nichts schlimmer, als in den Augen seiner Dame komisch erscheinen – und wer weiß, ob sie den Humor für solche Situationen besaß!

Froh erwies sich durchaus ungeeignet als Hund für einen verliebten Dichter. Sein Herr hatte es sich so schön gedacht, mit diesem vierbeinigen Freunde Zwiesprache zu halten, seines Herzens Überfülle vor ihm auszuströmen, da weder der Hofopernsänger noch seine Kaffeehausfreunde ihm solchen Vertrauens würdig schienen. Froh würde nicht banausisch spotten – er mußte ja ein Verständnis für ihn haben, er, der Glückliche, der eine Nacht vor ihrem Bette hatte liegen und ihren Schlummer bewachen dürfen. Ach, wenn er sprechen könnte! – Aber, wie gesagt, Froh bewährte sich nicht. Er bewies seine edle Rasse durch eine großartige Zerstörungswut. Wenn er spielerischer Laune war, zerriß er, was ihm in den Weg kam – darunter auch mit besonderer Vorliebe die Stimmung des Dichters. Die Wirtin wollte seine Anwesenheit ebensowenig dulden wie Theodor Balzer. Gleich am ersten Tage gab's Geschrei und wüste Szenen. Froh beschmutzte den Teppich und riß die Gardinen herunter. In dem feinen Restaurant, wo die Freunde zu speisen gedachten, verbat man sich seine Anwesenheit. Und in dem großen Bierlokal, das sie infolgedessen aufzusuchen genötigt waren, eröffnete er das Verfahren damit, daß er einen Pikkolo umwarf und zwei Portionen Kalbskopf *en tortue*, die jenem im Sturz davongeflogen waren, vom Boden aufschleckte. – Ein gesitteter Wandel auf der Straße war gleichfalls in Frohs Gesellschaft unmöglich, denn er zerrte seinen Herrn bald vor-, bald rückwärts in unwürdig stürzender Gangart. Und in der ersten Nacht im neuen Heim schien ihn plötzlich die Sehnsucht nach Sendling oder nach Frau Lona Gregory zu überfallen – er heulte stundenlang wie ein richtiger Schloßhund.

Es ging wirklich nicht. Selbst Franz Xaver mußte das einsehen.

Da hatte er eine gute Idee: wozu war denn Biche da?! Und er machte sich am andern Tage schon frühzeitig mit Froh auf den Weg. Er fand die Mademoiselle daheim. Sie übte gerade Klavier.

»Grüß di Gott, Bischibischerl,« rief er laut und fröhlich, indem er die Tür aufstieß; »schau, was ich dir mitbring'! Das Hunderl gehört dein.«

Das Mademoisellchen stand am Klavier und blickte mit verlorenem Lächeln dem prachtvollen Tier nach, das, losgelassen, sofort in allen Ecken herumzustöbern begann, »*C'est pour moi, cette bête enorme?*« stammelte es ratlos.

Und er lachte gutmütig: »Ja, gell da schaugst? Ich hab' mich rein vergafft in das Tier. Aber wir passen nicht zusammen. Es ist kein Stil in der Zusammenstellung. Es paßt nur zu einer schlanken, blassen Dame in wallenden Gewändern – und darum hab' ich mir gedacht: schenkst ihn deinem Bischibischerl. Froh heißt er – da schau her. Froh, das ist jetzt dei Fraule. Ei, ei, ei, du lieb's Fraule!« Und er nahm das schmächtige Figurchen in seine Arme und drückte den dunklen Kopf gegen seine Schulter.

Da wedelte Froh liebenswürdig, und ehe die kleine Dame sich dessen versah, hatte er ihr die Vorderpfoten auf die Schullern gelegt und sie kühl übers ganze Gesicht geleckt.

Drollig erschrocken, aber ohne aufzukreischen, wehrte sie den Zudringlichen ab, während Franz Xaver eine laute Lache anschlug: »Bravo, bravissimo!« rief er ausgelassen, »ich wußt' es ja: ihr seid wie füreinander geschaffen.«

Biche rieb sich eifrig das Gesicht mit dem Handtuch ab, dann schaute sie zwischen dem Hund und dem Manne hin und her und sagte endlich ganz verzagt: »Err ist sehrr schön, ich danke dir sehrr für den Geschenk – aber was soll ich mit die grosse Hund in die kleine Zimmer? Err wirde mir alles kapute machen, und err wirde weinen, wenn ich Klavier spiele.«

Franz Xaver kraute sich hinter dem Ohr: »Ja, ja, das kann leicht sein. Anfänglich wenigstens. Aber ich sollt' meinen, er tät's gewöhnen – das Klavierspielen auch. Weißt was, Biche, ich sag' der was: du mußt heraus aus dem elenden Loch hier. Ich miete dir eine hübsche Wohnung, Parterre mit einem großen Garten daran, daß der Hund recht schön umeinanderspringen kann. Und Möbel lass' ich dir 'neinstellen, die sollen dein g'hören. And nacher komm ich euch zwei besuchen, 's große Hunderl und 's kleine Hunderl. Is' recht?«

Sie fiel ihm wortlos um den Hals, und er hudelte sie vergnügt eine Weile herum. Dann schaute er auf die Uhr und wollte Abschied nehmen, denn er hatte gar so viel zu tun jetzt.

Sie hielt ihn ängstlich fest – und dann wagte sie es endlich auszusprechen, was ihr am Herzen lag: »Du biste so gut,« sagte sie zärtlich und streichelte ihm die Backen, »ich werrde mich so freuen zu die schöne Wohnung und die Garten und die Möbels und die Hund. Werrden wir zwei Zimmer haben? – Drei! – O, drei – und ein Kuchel, daß ich kann lernen das kochen, was du gern ißt, und dann wirst du kommen, bei uns zu wohnen, *n'est-ce pas?* Immer su wohnen wirst du kommen bei die grosse und die kleine Hundel.«

»Wohnen, immer wohnen bei euch?« er wehrte sie ein bißchen nervös ab. »Mußt denn immer wieder davon anfangen, Bischibischerl! Ich hab' dir doch g'sagt, daß ich für alle Tag und alle Nacht keine Weibsleut' um mich leiden kann. Ihr seid's da zum Schönsein. Aber keine ist schön, wenn man's immer um sich hat. Mir graust vor der ehelichen Gemeinschaft. Der Alltag ist so brutal – besonders für euch Weiber. Das hab' ich dir doch schon tausendmal g'sagt. Also geh, laß mich aus damit. – Schau, wie du wieder herumschlampst. Warum hast denn nix Schönes kauft von dem Geld neulich?'

»*J'ai payé mes dettes,*« sagte sie ängstlich abgewandt.

»Ach geh! Schau, Madel,« brauste Franz Xaver unwillig auf, »mit dir ist aber scho wirklich gar nix anzufangen. Gerad' erst recht mußt dich jetzt schön machen. Ich bitt' mir's aus, daß du bissel mehr auf dich gibst. Da, hier ist noch a Geld, wenn das vorige net auslangt. – So, jetzt sei g'scheit, such' dir eine recht schöne Gartenwohnung, daß der Froh sei Freud' hat. Was kost', zahl' ich. Also pfüet di Gott, auf Wiedersehn, Bischibischerl! Laß di auch amal bei mir sehen – aber schön neu hergericht', das bitt' ich mir aus! Und gib fei Obacht, daß der Hund net durchbrennt. Servus!« Er riß ihre kalte kleine Hand rasch an seine Lippen und dann war er eins, zwei, drei draußen und die Treppe hinunter. –

Er hatte es so eilig, weil ihn der Schneider zur Anprobe bestellt hatte. Für den *Bal paré* am Mittwoch mußte er doch einen tadellosen Frackanzug haben, darum war gestern sein erster Gang zu einem wohlrenommierten *maître tailleur* gewesen, dessen ganzes Atelier er durch das Versprechen eines fürstlichen Extradouceurs in fieberhafte Tätigkeit gesetzt hatte, denn der Anzug sollte binnen drei Tagen fertig sein.

Auch sonst beschäftigte er sich von Montag bis Mittwoch fast ausschließlich mit seinem äußeren Menschen, indem er in den ersten Geschäften Stiefel, Wäsche, Krawatten, Handschuhe, alles vom Neuesten und Feinsten einkaufte. Außerdem besuchte er täglich das Dampfbad und tat noch durch Schwimmen und Hanteln ein übriges, um sich bis zum Mittwoch sein faules Fett und seinen krummen Buckel abzugewöhnen. Das alles tat derselbe Franz Xaver, der seiner Lebtage, obwohl er von guter Familie und Schick und Sauberkeit von Kindesbeinen an gewöhnt, von äußerlicher Eitelkeit gänzlich frei war und sich seit seiner Studentenschaft sogar mehr als recht in seiner Kleidung und Haltung vernachlässigt hatte. Es war ihm auch plötzlich die Gesellschaft seines Stammtisches im Café zu schlecht, und den Balzer Theo würdigte er höchstens bei den Mahlzeiten seiner Gesellschaft. Ei ja, – was nicht die Liebe tut!

Der törichte Dichtersmann war nämlich innigst durchdrungen von der Überzeugung, daß für ihn die Feierstunde der großen Leidenschaft geschlagen habe. In süßer Benebelung stieg er einher wie ein ganz grüner Jüngling, den's zum erstenmal erwischt hat. Ganz dumm und unerfahren kam er sich selber vor, und staunend analysierte er in einsamen Stunden seinen seltsamen neuen Gefühlszustand. Er hatte bisher noch für kein Weib eine Leidenschaft empfunden, die seinem inneren Menschen nahegegangen wäre. Und das Mademoisellchen – ja, mein Gott, es war eine dumme Schwäche von ihm, daß er so leicht zu rühren war! Weil er das liebe, schüchterne Ding einmal irgendwo in stimmungsvoller Dämmerung beim Kopf gekriegt und abgebusselt hatte, darum meinte es, daß es jetzt auf ewige Zeit zu ihm gehörte, und lief ihm von der Stunde an gottergeben nach wie ein armes geprügeltes Hündchen, zu dem man einmal freundlich gewesen ist. Er konnte nicht so brutal sein, sie von sich zu stoßen, besonders jetzt, wo er das Unglück angerichtet, und sie seinetwegen gar die Brücke zu ihrer Familie abgebrochen hatte. Sie konnte freilich nichts dafür, daß sie ihm nicht mehr bedeutete, aber sie durfte sich ihm auch nicht in den Weg stellen, sie durfte ihn nicht hindern in seiner freien Entwicklung. – Von der roten Lona aber versprach er sich Wunderdinge. Seine dichterische Einbildungskraft war in voller Arbeit, diese seltsame Nixe mit allen hohen und höchsten Eigenschaften einer ewig preiswürdigen Muse auszustatten. Er vergaß ganz, daß er vorläufig noch so gut wie nichts von ihren geistigen und seelischen Qualitäten wußte, und daß sie bei jener ersten Begegnung doch nur seine Sinne entzündet hatte. Die schiefe Nase und die kalkige Blässe und der Knabe mit dem Wasserkopf hinderten ihn nicht einen Augenblick, sie für ein Ideal der Schönheit, des mondänen Reizes und durchgeistigten Raffinements zu erklären.

Der Mittwoch war gekommen – der Frackanzug pünktlich zur Stelle. Der Hofopernsänger ging auch auf den *Bal paré*. Er sah ebenfalls sehr stattlich aus in seinem Wichs, mit den Brillantboutons in der Hemdenbrust und dem parfümierten, seidnen Kokettiertüchlein. Aber Franz Xaver im Glanze seiner neuen Lackstiefel und der übrigen funkelnagelneuen Herrlichkeiten stellte ihn doch tief in Schatten. Die Bißwunde war, dank der sorgfälligen Antiseptis, gut geheilt, so daß auch die rechte Hand wieder präsentabel erschien. Balzer Theo fuhr allein voraus, während Franz Xaver in einer zweiten Droschke Punkt zehn Uhr vor dem Hause der Erwählten hielt.

Nur wenige Minuten brauchte er zu warten, da trat sie aus der Haustür, bis an die Nasenspitze vermummt und ihr Kleid mit dem ganzen vielversprechenden *froufrou* hochgerafft. Sie nickte ihm flüchtig zu, und dann stieg sie raschelnd in den Wagen. Er ihr nach – und fort ging's.

Das war eine Überraschung, als sie sich in der Garderobe ihres Pelzes und ihres Koptluches entledigte und nun in ihrem außerordentlich eleganten schwarzen Domino, tief ausgeschnitten, mit Halbmaske und phantastischem Redoutenhut vor ihm stand. Das Kleid war über und über mit schwarzen Pailletten benäht und saß über der reizenden Büste prall wie eine glitzernde Schlangenhaut. Ganz lange, schwarze Musquetairs trug sie, die nur noch wenig von dem milchweißen Oberarm freiließen. Und ihr eignes üppiges Haar hatte ein phantasievoller Friseur zu einem barocken Kunstwerk aufgebaut, auf dem ganz oben, gleichfalls in schwarzer Paillettearbeit, ein paar große Schmetterlingsflügel mit langen Fühlern wippten.

Mit königlichem Anstand führte er seine stolze Schöne in den strahlenden, wimmelnden Saal hinein und machte zunächst einen feierlichen Rundgang mit ihr, der ihn in der Überzeugung bestärkte, daß seine Dame die schönste von allen sei. Dann nahmen sie in der Loge Platz, die er mit seinem Freunde zusammen gemietet hatte und überschauten zunächst einmal von oben das bunte Treiben. – Franz Xaver tanzte nicht gern und nicht gut, darum war er sehr zufrieden, daß Frau Gregory ihn vorerst nur dafür in Anspruch nahm, ihr die anwesenden bekannten Persönlichkeiten der Münchener Gesellschaft zu zeigen, die Großwürdenträger der Kunst,

Musik und Literatur, die Fürstlichkeiten, Diplomaten, Großkapitalisten und anderen hohen Tiere. Auf letzterem Gebiete war Meusels Personalkenntnis freilich nicht groß, aber er blieb ihr dennoch auf keine Frage die Antwort schuldig und ernannte aus eigner Machtvollkommenheit die unbedeutendsten Sterblichen zu exotischen Gesandten, Millionären und Wirklichen Geheimräten, sowie die luftigsten Dämchen zu durchgegangenen Prinzessinnen oder Spioninnen auswärtiger Mächte und skandalberühmten Herzensbrecherinnen. Als dann ein wenig später der Heldenbariton, vorläufig noch unbeweibt, und darum ziemlich mißmutig, in der Loge erschien, stellte er ihn seiner Dame als den Herzog Theodor von Golland, und diese wiederum jenem als die Prinzessin von Trapezunt vor. Und die hohe Frau ging mit anmutigem Witz auf den Scherz ein. Balzer Theo, der gerade kein gewandter Plauderer war, zog sich dadurch geschickt aus der Affäre, daß er den schönen Domino zum Tanz aufforderte und *sans façon* dem Freund entführte. Franz Xaver ärgerte sich, denn seiner süßen Dame schien es in dem Gewühl so wohl zu sein, daß sie gar nicht wiederkam. Sie flog vielmehr von einem Arm in den andern und tanzte drei Rundtänze hindurch fast unausgesetzt. Da rief die Fanfare zur ersten Française, und nun verfügte sich der grollende Dichter hinunter, um sich gleichfalls in den Trubel zu stürzen und seine älteren Rechte geltend zu machen.

Zu dumm! Dieser schreckliche Heldenbariton hatte sich bereits wieder seiner Prinzessin von Trapezunt bemächtigt und dachte nicht daran, sie abzutreten. »Darfst uns *vis-à-vis* tanze. Geh', mach' geschwind, schaff' dir als en Domino an.«

Franz Xaver war wütend. Was gingen ihn diese dummen Weiber hier an! Er kannte keine einzige, und irgendeine herbeiholen, die sich dann vielleicht als eine Kellnerin oder Schlimmeres entpuppte und sich mit seinem Visavis elend blamieren – nein, das wollte er nicht. Da hing unversehens ein zierliches kleines Mädel an seinem Arm – kinderjung und billig, aber raffiniert angezogen. Ein Babykittel, der ihr nur wenig über die Knie reichte, ganz und gar mit großen, schwarzen Mohnblüten garniert. Und rotes Haar hatte sie auch. Das war aber eine Perücke, langgelockt, wie sie damals für Redouten im Schwange waren.

»Du, ich kenne dich, großer Dichter,« sagte der Domino mit hoher, verstellter Stimme, »du bist der Danaiderich mit dem Glückstopf, und wenn ich recht lieb zu dir bin, schenkst mir was, gelt?«

»Das letztere werde ich mir erst noch überlegen,« versetzte Franz Xaver kühl. »Vorläufig kannst einmal mit mir die Quadrille tanzen.«

»Is recht,« sagte die Kleine. Und dann traten sie in das Karree gegenüber dem Balzer Theo mit der bleichen Prinzessin von Trapezunt.

Es wurde eine tolle Française. Das Jauchzen übertönte selbst das Trompetengeschmetter – und die Tollste war Franz Xavers Tänzerin. Sie sprang wie ein Gummiball und fuhr dem erschrockenen Balzer Theo des öfteren mit ihrer Fußspitze bis dicht unter die Nase. So oft die Figuren des Tanzes Gelegenheit dazu gaben, umfaßte Franz Xaver sein schönes Visavis, so fest er konnte, und flüsterte ihr mit heißen Worten seinen Gram über die lange Trennung ins Ohr. Sie sagte gar nichts. Sie lachte nur und schritt mit wohlanständiger Korrektheit die Touren ab. Da packte den Dichter der eifersüchtige Zorn, und bei der *Grande Chaine* hob er seine leichte Tänzerin mit einem Schwung auf seine Schulter und leistete sich ein Solo inmitten dieses kreischenden, jauchzenden Durcheinanders. Und zum Schluß faßte er sie fest unter den Armen und kreiselte sie in der Luft herum. Nun war's aus, und die Paare stoben auseinander. Da setzte er das Mädel auf das blanke Parkett und gab ihm einen Stoß, daß es dem Balzer Theo geradeswegs an die Brust flog. »*Changement des dames!*« kommandierte er grimmig und bemächtigte sich ohne weiteres seiner Erkorenen.

Er führte sie in die Loge hinauf und bestellte ein Souper, sowie fünf Flaschen Pommery. Bald darauf erschien auch der Hofopernsänger mit dem kleinen Racker in schwarzen Mohnblüten, und der vollführte alsbald ein solches Hallo, daß sich der Loge die allgemeine Aufmerksamkeit zuwandte und allmählich immer mehr bekannte Herren und unbekannte Dominos dort vorsprachen, um auch etwas von der ausgelassenen Stimmung und dem echten Champagner zu profitieren. Natürlich war das Gerücht von dem Lotteriegewinn des verbummelten Genies Franz Xaver Meusel bereits in dem ganzen literarisch-künstlerischen München herumgekommen und gab Anknüpfung genug für die zahlreichen Besuche. Der hochelegante Domino an der Seite des Dichters erregte allgemeine Bewunderung und nicht geringe Neugier. Aber Franz Xaver war die Diskretion selbst und blieb bei der Prinzessin von Trapezunt. Die Dame war auch nicht zu bewegen, ihre Maske zu lüften, ebensowenig wie das tolle Ding in Mohnblüten.

Der Sekt floß in Strömen. Die Augen blitzten, das Blut erhitzte sich. Der Balzer Theo hatte die Kleine auf seinen Schoß gezogen und fütterte die Widerstrebende mit Austern und Küssen. Er schwamm bereits in Seligkeit. Franz Xaver und seine Erwählte waren bald die einzig Nüchternen in der ausgelassenen Gesellschaft. Ihm vermochte der Alkohol nichts anzuhaben, denn er war berauscht von trunkener Leidenschaft, und sie war zuviel Dame, um sich gar so schnell dem zügellosen Taumel hinzugeben. – Sie bezeigte Lust, sich ein wenig Bewegung zu machen, und da führte er sie aus der Loge heraus, um sich das bunte Treiben auf den Treppen, in den Foyers und in den dämmerigen Winkeln anzusehen.

»Was ist denn das für eine wilde Hummel, die Kleine in dem kurzen Kleidchen?« erkundigte sich Frau Lona eifrig, sobald sie draußen auf dem Gang waren.

»Keine Ahnung, ist mir so zugeflogen,« versetzte er leichthin.

»Das glaube ich dir nicht, mein werter Kavalier, so wie du mit ihr umgegangen bist.«

»Also Ehrenwort, ich kenne das Mädel nicht. Aber es hat Stil in seiner Art, was? Und man muß jedes nach seiner Art nehmen, das ist Fasching.«

Sie drückte seinen Arm ein wenig fester: »Ich kann mich noch gar nicht recht hineinfinden; das ist alles so neu. Ich bin ganz betäubt. Ich bin wohl recht langweilig, wie?«

»Du bist du und darum – bete ich dich an!« flüsterte er ihr rasch ins Ohr.

Sie entgegnete nichts, aber ein Schauder flog über ihren Leib, und sie senkte verwirrt den Kopf. Da küßte er sie rasch auf den weißen Nacken. Sie fuhr empor und lachte nervös: »O, mein Herr – ist das auch nur eine Stilübung?«

»Schau um dich,« sagte er. Und wirklich, wohin sie blickte, an allen den Tischen saßen Pärchen in zärtlicher Umschlingung, und überall ein Küssen und Kosen vor aller Augen zum Klingen der Gläser, zum Kichern und Lachen, als ob das so sein müßte. Sie feierten das Fest der Jugend und der Schönheit. Bacchus und Venus waren die Heiligen des Tages – und die Mütter sahen's nicht.

Der Tanz begann von neuem. Verwegen stürzte sich auch Franz Xaver mit seiner Schönen in das Gewühl. Was kam es darauf an, daß er nicht tanzen konnte. Das Gedränge entschuldigte jede Ungeschicklichkeit, und die Hauptsache war doch, daß er sie festhalten und an sich pressen und ihr in den Atempausen süße Dinge zuflüstern konnte. Es kamen wieder andere Herren, bekannte und unbekannte. In Scharen drängten sie sich um die geheimnisvolle Schöne, und sie sah Franz Xaver mit ihren unheimlichen, grünen Augen bittend an und hauchte: »Sei nicht böse. Laß mich tanzen. Ich muß mich berauschen. Habe keine Furcht, für heute bin ich dein – ganz allein dein.« Und fort war sie.

Erst bei der letzten Quadrille fand sie sich wieder zu ihm. Wie im Traum, mit halbgeschlossenen Lidern und durstig geöffneten Lippen, glitt sie biegsam einher und wiegte sich im Takte und schmiegte sich rasch atmend eng an seine Brust.

Dann war es aus für heute, und er brachte sie in der Droschke nach Hause. Er schloß ihr das Haustor auf.

»O du, ich habe vergessen: hast du Wachsstreichkerzen bei dir?« flüsterte sie, nachdem sie ihm bereits gute Nacht gesagt hatte.

Und er: »Gewiß. Warte, ich will dir leuchten.«

»Laß mich doch allein ... es war doch so schön. Du mußt jetzt gehen.« Aber er stand schon auf der Treppe, entzündete das Kerzchen und stieg, ihr vorankeuchend, hinauf. Sie blieb dicht hinter ihm. Er hörte ihren Atem keuchen. Und als sie, oben angelangt, mit zitternder Hand die Korridortür aufgeschlossen hatte, da war das Lichtlein ausgebrannt. Und er fühlte plötzlich ihre Lippen gierigheiß auf den seinen brennen, und ihre Arme krochen über seinen Rücken wie Schlangen.

Franz Xaver Meusel erwachte spät am andern Morgen aus wunderbar tiefem Schlafe. Sein Dichtergeist spann nach dem Erwachen noch lange die entzückenden Träume der Nacht fort. Er zweifelte wirklich, ob er auch nur ein Kleinstes von alledem wirklich erlebt habe; denn das war so unwahrscheinlich schön gewesen, als ob Ariost und Alfred de Musset zusammen daran gedichtet hätten. Und mitten in diesem Traum von Schönheit und Leidenschaft war eine garstige Fratze aufgetaucht, die sich durchaus nicht bannen lassen wollte und selbst im Wachen immer noch sich aufdringlich in die süße Erinnerung mischte. Ein Wasserkopf auf spindeldürren Beinen mit einem garstigen, greinenden kleinen Gesicht – ein Alb, ein Alräunchen!

Ganz seltsam war dem Dichter zumute, halb feierlich, halb ängstlich. Er hatte nie eine ähnliche Stimmung erlebt und wunderte sich baß über sich selbst. Es war ihm ganz unmöglich, an diesem hellen Hornungstage seinem gewohnten ironisch-pathetischen Ton anzuschlagen, und Balzer Theo, der beim gemeinsamen Frühstück in pikanten Erinnerungen schwelgte, war ihm mit seinem behaglichen Genüßlingslachen geradezu unerträglich. So lehnte er denn eine gemeinsame Spazierfahrt, die jener vorschlug, schroff ab und blieb allein daheim. Er griff in die Tasche seines Paletots. Richtig: da war der Hausschlüssel, den sie ihm mitgegeben hatte, und den er heute wiederbringen sollte. Er ging, mit dem Schlüssel in der Hand, eine lange Weile sinnend im Zimmer auf und ab, und dann tat er ihn wieder in die Palettotasche zurück. Er traute sich nicht fort. Weshalb eigentlich, darüber wußte er sich keine Rechenschaft zu geben. Er war ganz scheue Empfindlichkeit. Bei jedem Lärm auf der Straße, bei jedem Anschlag der Hausglocke fuhr er zusammen. Auf dem Sofa ausgestreckt liegend, mit seiner guten Zigarre, den blauen Rauchringeln nachstarren und weiterträumen, das war das einzige, was ihm in seiner ängstlichen Feststimmung zusagte. Er wollte auch sie, die berückende Fee, die ihm die Zaubergärten der Armida aufgeschlossen hatte, heute nicht wiedersehen. Er fürchtete, daß sie vielleicht am Tage irgend etwas an sich haben könnte, das ihn störte, daß sie irgendein Wort sprechen könnte, das ihn enttäuschte. Er versuchte aus seiner verklärten Stimmung heraus etwas zu gestalten – ein paar Verse, blitzende Wendungen, glänzende Bilder stiegen ihm auf: aber sie wollten sich keiner Form fügen – es dünkte ihm unwürdig nach Reimen zu suchen und den Feuerstrom seiner Empfindung in das feste Gefüge eines Versmaßes zu dämmen. So ließ er es denn bleiben.

Er speiste allein. Aber als er nach Tisch heimkehrte, um weiterzuträumen, da fand er daheim Gesellschaft vor. Balzer Theo hatte ein paar alte Freunde und ein paar neue Bekanntschaften vom Bal paré zum Kaffee eingeladen. Fräulein Milly Moosgrün, das sogenannte Afferl, war auch dabei, und es stellte sich heraus, daß sie das tolle Ding gewesen war, mit dem er die erste Quadrille getanzt hatte. Außer ihr waren noch andere sonderbare Damen erschienen. Franz Xaver wurde mit lautem Hallo begrüßt und neckisch nach seinem schönen Domino im schwarzen Paillettenkleid gefragt. Er solle doch fesch sein und die Dame auch zur Stelle bringen. Er ärgerte sich und saß einsilbig und geistesabwesend eine halbe Stunde lang bei der lauten Gesellschaft: dann machte er sich davon.

Er ging spazieren in den Englischen Garten hinaus, über eine Stunde lang. Dann kehrte er zurück durch die Straßen und fand sich auf einmal, ganz ohne Absicht, vor dem Hause der Geliebten. Ihre Fenster waren hell. Unschlüssig ging er ein paarmal auf und ab, aber endlich entschied er sich doch, hinaufzugehen. Er konnte ihr doch den Hausschlüssel nicht vorenthalten, sagte er sich. Vielleicht wollte sie heute abend ausgehen, und dann kam sie ja dem Mädchen gegenüber in Verlegenheit. Ganz langsam stieg er die Treppen hinauf, und dennoch hatte er ein arges Herzklopfen, als er oben auf den Knopf der elektrischen Klingel drückte. Pepi öffnete ihm.

»Ist die gnädige Frau zu Hause?«

»Ja, gewiß, gnä' Herr, es ist Besuch da.«

»Besuch? So, da will ich nicht stören. Wenn ich vielleicht die gnädige Frau auf einen Moment sprechen könnte – nein, ich geh' gar net 'nein, sagen Sie auch net, wer da ist.«

Pepi lächelte und ging in den kleinen Salon hinein. Franz Xaver blieb bescheiden draußen vor der Tür stehen. Gleich darauf erschien Frau Gregory in einem einfachen schwarzen Hauskleid.

»Ach, Sie sind's,« sagte sie leise, sobald sie ihn erkannte. Sie blickte über ihre Schultern zurück, bis Pepi in die Küche verschwunden war, und dann trat sie rasch über die Schwelle zu ihm hinaus.

»Ich kann dich leider nicht hinein bitten,« flüsterte sie rasch, aber ohne besondere Verlegenheit. »Ich habe Besuch drin, und ich weiß nicht recht, in welcher Eigenschaft ich dich vorstellen sollte.«

Es war so frostig draußen im Treppenhaus, und sie erschien ihm auch so kalt und ihr Lächeln so sonderbar.

»Soso, wer ist's denn?« erkundigte er sich, teilnahmlos an ihr vorbeischauend. Da ergriff sie ihn am Kragenumschlag, lachte kurz auf und flüsterte dicht an seinem Ohr: »Nicht eifersüchtig sein, Schatz, es ist bloß mein Professor.«

»Dein Professor?« sagte er unwillkürlich laut.

Sie legte ihm die Hand auf den Mund und blickte rasch um sich: »Pst, nicht so laut. Ich erzähle dir später alles ausführlich. Das ist nämlich bloß ein Herr, der mich heiraten will – weißt du, so ein richtiger Professor mit einer goldnen Brille und einem schönen langen Bart, schon ein bißchen graumeliert. Er kennt mich schon von klein auf, und jetzt, wo ich frei bin, hat er sich wieder eingefunden. Du begreifst, daß ich euch nicht gut zusammenbringen kann. Wann sehen wir uns? Du hast mir versprochen, ich dürfte mal kommen und in deinem Goldtopf wühlen. Wann paßt es dir?«

»Wann Sie wollen. – Hier ist der Schlüssel.«

»Danke. Adieu, Liebster, und hörst du – nicht eifersüchtig sein!«

Ehe er sich dessen versah, hatte sie ihn geküßt – einen kühlen, flüchtigen Kuß auf den Mund, und dann huschte sie hinein und warf mit einem Knall die Tür ins Schloß.

Wie betäubt stand Franz Xaver draußen und starrte die Tür an. Dann stieg er wieder langsam die Treppe hinunter. Draußen auf der Straße ertappte er sich dabei, daß er ganz dumm vor sich hinlachte. Er ärgerte sich über das Lachen und probierte es mit dem Fluchen; aber das führte auch zu nichts. Das Herz klopfte ihm wie toll. War es denn möglich, daß Menschen von Geschmack und Bildung so undankbar sein konnten gegen die höchste Himmelsgabe eines so traumhaft schönen Erlebnisses? Ja freilich, der Balzer Theo und seinesgleichen, die konnten über so etwas mit einem satten Schmunzeln hinweggehen. Aber ein Weib, das endlich der langjährigen Gefangenschaft einer freudlosen Ehe entronnen war, und das zum erstenmal in seinem Leben ein Dichter zu Entzückungen emporgerissen hatte, wie sie nur wenigen Sterblichen beschieden waren, ein Weib, das ihn in trunkenem Gestammel ihren Erlöser, ihren Gott genannt hatte – wie konnte die ein paar Stunden später nur mit so frivoler Ruhe von ihrer Versorgung sprechen! Er begriff das schlechterdings nicht. Und er war doch kein dummer Junge, ihm war doch nichts Menschliches mehr fremd. Immer wieder, im langsamen Dahinschreiten, schüttelte er den Kopf, zuckte er die Schultern.

Er ging heim. Da war die lustige Gesellschaft noch immer beisammen. Nach dem Kaffee und Kuchen hatte Freund Balzer Sekt und kalten Aufschnitt kommen lassen, und da war es sehr lustig geworden. Der Heldenbariton strahlte über die ganze weite, glatte Fläche seines behäbigen Antlitzes und seiner Glatze von befriedigter Eitelkeit und allgemeiner Menschenliebe. Die Damen hatten sich alle geschart um den Spender all der guten Dinge, und die Herren ihm fleißig zugetrunken. Ja, dieser Biedermann genoß sein Leben und war restlos glücklich.

In seiner gegenwärtigen Verfassung war dem verstörten Franz Xaver diese Gesellschaft gerade recht; er wollte sich betäuben. Darum stürzte er rasch ein paar Gläser Schaumwein hinunter, um in der flüchtigen Erregung des Alkohols den Schlüssel zu finden, mit dem er das Werkel seines Geistes wieder aufziehen könnte. Und nach einer kleinen Weile kam das auch wirklich wieder in Gang, und die alte Walze spielte das alte Stück: geistreiche Grobheiten, feine Zynismen, lustige Paradoxe und phantastische Übertreibungen sprudelte er hervor, wie seine Freunde es von ihm gewöhnt waren zu vorgerückter Nachtstunde im engsten Kreise des genialischen Proletariats. Alle hingen sie an seinen Lippen. Der Geist der Männer entzündete sich zu wilden Diskussionen an seinen kühnen Behauptungen, und die Weiber kicherten und kreischten über seine meist unverstandenen Frechheiten. Vor dem Glanze seiner Beredsamkeit erbleichte der Stern des Hofopernsängers, so daß dieser bald nur noch als Wirt in der munteren Gesellschaft geduldet zu werden schien. Aber das genierte ihn weiter nicht, denn er war des süßen Weines voll, und Fräulein Moosgrün saß auf seinem Schoß.

Es wurde ziemlich spät, aber trotzdem zog die ganze Gesellschaft noch mitsammen ins Café. Beim Aufbruch nahmen die beiden stärksten Damen den Bariton in die Mitte, denn er bedurfte dringend der Unterstützung, und das Afferl hing sich an Franz Xavers Arm.

»Geh, schau,« begann die Kleine die Unterhaltung, »du mußt net denken, daß ich mit dem Herrn Balzer was hätt', 's wär' mer leid, wenn du meintest, ich hätt' an solchen G'schmack.«

»Pardon,« versetzte Franz Xaver, »haben wir gestern eigentlich Brüderschaft getrunken? Sie entschuldigen, mein Fräulein, wenn ich mich nicht erinnern kann.«

»San's doch net so fad. 's ist doch Fasching.«

»Ah so, da geht's in einem hin. Na meinetwegen.«

Die Kleine war ein Weilchen still. Aber sie hatte ihren Ärger bald verwunden, und dann schmiegte sie sich wieder zutunlich an und fragte ihren großen Kavalier, wer denn eigentlich sein Domino gestern abend gewesen sei, er sollte es nur ihr allein sagen, sie würde es gewiß nicht verraten.

»Also, bei Gott, das weiß ich selber nicht, Kind,« erwiderte der Dichter abweisend, »übrigens ist sie von außerhalb und heute wieder abgereist.«

»Ach, wirklich?« Das Afferl stieß einen Seufzer der Erleichterung aus. »Wissen's, Herr Meusel, so was gehört doch gar nicht auf die Redoute.«

»Wieso?«

»Die gehört auf Allerseelen.«

»Wieso?«

»No ja, entweder ich geh auf die Redoute, oder ich geh zu aner Leich' – beides auf amal schickt sich net.«

»Sie sind vermutlich sehr witzig, mein Fräulein, aber ich verstehe Sie immer noch nicht.«

Da zog sie ihren Arm unter dem seinigen hervor, blieb stehen und stampfte ärgerlich mit dem Fuß auf: »Es ist doch wirklich unbegreiflich, was gebüldete Herrn manchmal für einen G'schmack haben! Die hat doch ausgschaut wie eine wandelnde Leich'. Grauslich einfach!«

»Kennen Sie die Braut von Korinth?« fragte Franz Xaver, indem er das Mädchen so durchdringend anstarrte, daß es schier erschrocken die Augen niederschlug.

»Die Braut vom Korinth?« wiederholte sie verwundert. »Meinen Sie vielleicht den Maler Corinth?«

Franz Xaver lachte laut hinaus: »Ja, ja, die war's. Die Braut vom Corinth. Aber sagen Sie's ja net weiter, kleines Fräulein.« Damit ließ er sie stehen und gesellte sich zu einem der eben herankommenden Herren von der Gesellschaft.

Vor ihrer Haustür wurde den beiden Glücksgenossen noch einmal eine lärmende Ovation dargebracht, und in dem Durcheinander der Verabschiedung und des Händedrückens rief Franz Xaver dem Fräulein Milly zu: »Sie, Fräulein Affengrün, also geben's fei Obacht, was ich Ihnen sag': die Braut von Korinth trinkt Blut – und sie weiß ihre Feinde zu finden!«

Da blitzten ihn die kecken schwarzen Augen an, und ihr weicher Kindermund verzog sich dabei weinerlich. »Warum sind's denn gerad' zu mir so harb? Bin ich Ihnen denn so vüll z'wider? Ich tät Ihnen doch alles z'lieb, wenn S' nur a bissel freundlich zu mir sein möchten.« Damit drückte sie ihm heftig die Hand und schlüpfte dann rasch wieder in die Gruppe der Abziehenden hinein.

Als die beiden Genossen in ihrem noch ganz von Tabaksqualm und Weindunst erfüllten Wohnzimmer allein waren, fiel der kleine Theodor dem großen Franz Xaver gerührt und selig um den Hals: »O Freundche, was ist doch das Lewe schön!« rief er mit tränenden Augen. »Die Leut' sind alle so lieb und so gut mit mir und die Dame und die Mädcher – o, was gibt es doch für goldige Mädcher! Weißt, ich hab' ja meine Alte sehr lieb, bei Gott, ja, aber ...«

»Ja, ja, laß nur gut sein, deine werte Psychologie ist mir vollständig klar,« unterbrach Franz Xaver den gerührten Freund. »Sag' mir nur eins, eh du schlafen gehst: du hast heute Topf-*du-jour* gehabt – hast du eine Ahnung, wieviel herausgeflossen ist?«

»Das ist ja ganz egal,« lallte Balzer, »es war ja so schön! Die Mädcher waren so goldig, und meine Alte sitzt in Stuegert! O Gott, meine gute Alte! Wenn sie wüßte! Aber ich werde ihr einen Brillantschmuck mitbringen.«

»Wenn's nur dazu noch langt,« rief Franz Xaver ungeduldig. »Ich hab' das Fräulein Affengrün, oder wie es heißt, vorhin immer um den Topf herumstreichen sehen wie ein hungriges Katzerl. Gib's einmal her, unser heiliges Gefäß, wollen einmal nachschauen, was noch darin ist.«

»Du bist eine alte Pappschachtel,« regte sich der Bariton auf, »du verdienst gar net, daß die Mädcher so goldig sind, und wenn du die Milly verleumdest – die Milly – Moosgrün heißt sie, du schäbiger Schuft! – das ist die allergoldigst'. Ich hab' ihr auch eine Handvoll gegeben. Alle haben sie was gekriegt, die lieb zu mir waren – und jetzt is nix mehr drin, du alle Pappschachtel! Ich geh' ins Bett. Du bist ein verrückter Mensch, du verstehst mich net – aber unsere Freundschaft währet ewiglich.«

»Amen,« fagte Franz Xaver lachend und schob den Dicken in sein Schlafzimmer ab.

Am anderen Tage erhob sich der Balzer Theo ausnahmsweise einmal früher als sein Freund. Er hatte einen kleinen Moralischen wegen seiner wüsten Verschwendung und der trieb ihn, sich zu Franz Xaver ans Bett zu setzen und ihn reumütig um Vergebung zu bitten. Er hätte zwar die Summen nicht gezählt, die er fortgeworfen, aber er wollte sich's gern gefallen lassen, daß Franz Xaver sie selber beliebig hoch abschätze und ihm an seiner Hälfte kürze. Überhaupt wär's ihm schon lieber, sie teilten den Rest ihres Gewinnes, und jeder verwaltete In Zukunft seine Hälfte selbständig. Es wäre ihm zu leid, wenn etwa über Geldstreitigkeiten ihre Freundschaft in die Brüche gehen sollte.

Franz Xaver hörte ihn gleichgültig zerstreut an, dann drückte er ihm die Hand und bat ihn, er möchte sich wegen seiner Verschwendung nicht noch mehr Haare ausgehen lassen. Verschwendung sei ja der Zweck der Übung, und er wolle von keiner geschäftlichen, noch überhaupt irgendwie vernünftigen Behandlung der Sache etwas wissen. Vorläufig sei noch Fasching, und da solle auch faschingsmäßig toll gewirtschaftet werden. »Heut wollen wir noch

amal so viel Geld flüssig machen, als die Münchener Banken herge-
ben können, und den Topf der Danaiden bis zum Rand füllen, und
dann greif' hinein, so oft und so tief du magst. Freunderl. Mich freut
das Geld an sich net. Mir genügt das Bewußtsein, gegenwärtig ein
Mann zu sein, der net aufs Geld zu schauen braucht. Packt mich
irgendein Rappel, so werd' ich mich auch meinerseits net genieren,
tief hineinzugreifen.«

Mit dem Flüssigmachen von zehntausend Mark in die beliebten
Zechinen und Doppelzechinen vergingen viele Stunden. Dann
speisten die Freunde zusammen. Aber Franz Xaver war einsilbig
und mit nichts zufrieden, oder vielmehr, das glänzende Menü ließ
ihn, der sonst immer bereit war, über jede halbwegs anständige
Leistung eines Koches in Begeisterung zu geraten, völlig gleichgültig. Der biedere Bariton war aufrichtig besorgt um seinen Freund
und forschte mit freundschaftlicher Zudringlichkeit nach der Ursache seines Kummers.

Aber Franz Xaver ließ sich nicht in seine Heimlichkeilen gucken:
»Weißt, Freunderl« sagte er ausweichend, »ich glaube, mir spukt
ein Trauerspiel im Kopf oder so was. Dieser blödsinnige Glücksfall
hat mir, scheint's, Juckpulver in mein Zerebralsystem gestreut: ich
muß mich mit der Feder kratzen. Ich glaube, es wird das gescheiteste
sein, ich befreie dich und deine fidele Kumpanei für einige Zeit von
meiner faden Persönlichkeit. Ich werde mir eine Geldkatze voll
Zechinen um den Leib schnallen und auf ein paar Wochen nach
Italien verduften. Ich meine, da wird's schließlich doch auch Orte
geben, wo Herren, die einige Zeit in stiller Zurückgezogenheit zu-
bringen wollen, liebevolle Aufnahme finden.«

»Nimmst du dein Weib mit?« fragte Balzer Theo.

»Wen? Das Mademeusele, das Bischibischerl? Fallt mer gar net
ein. Wenn ein Dichter seine Niederkunft erwartet, so ist das ganz
dasselbe, als wenn ein Weib seine Niederkunft erwartet – sie sollten
dazu beide in die Einsamkeit gehen – das ist das Schamgefühl der
ästhetischen Kultur. Ich sehe es deinen geistvollen Zügen an, mein
lieber Theo, daß du das wieder einmal nicht begreifst, aber es ist
nun einmal so.«

Der gute Balzer begriff allerdings nicht, wie einer aus dem herrlichen Münchner Fasching davonlaufen und sich irgendwo draußen

in der Einsamkeit vergraben könne, um zu arbeiten. Eine Arbeit, die höchst wahrscheinlich nichts einbrachte, und noch dazu zu einer Zeit, wo das Arbeiten gar nicht vonnöten war. Er trauerte aufrichtig darüber, daß er nun mit seinen vielen lieben Freunden und Freundinnen so ganz allein bleiben sollte. Aber er unterließ doch bald weitere Versuche, den Dichter umzustimmen. Ein Narr war und blieb Franz Xaver in seinen Augen; aber wenn er nicht der Narr gewesen wäre, wäre er auch wahrscheinlich kein Dichter gewesen. So ließ er ihn denn laufen.

Franz Xaver lief aber vorläufig noch nicht – wenigstens nicht nach Italien. Er machte nur weite Spaziergänge in die Umgegend, und wenn das Wetter dafür zu schlecht war, so schickte er den Bariton fort und lag daheim sinnend auf dem Diwan. Er wartete noch – er verzehrte sich sogar vor Sehnsucht nach einem Ereignis, das ihn verhindern sollte, seinen Plan auszuführen. Er wartete auf eine kleine Hand, die sich ausstrecken sollte, um ihn festzuhalten. Er wartete auf ein gebieterisches »Bleib!« von schmalen, blutroten Lippen.

Einmal brachte die Post ein französisches Billett von Biche: sie hätte eine hübsche Parterrewohnung gefunden und wollte in den nächsten Tagen hineinziehen. Ob er nicht einmal kommen würde, die Wohnung anzuschauen und seinen Rat wegen der Möblierung zu geben. Auch mache ihr Froh viele Sorgen. Er laufe ihr fort und komme wieder, wann's ihm beliebe, und beim Klavierspielen heule er.

Da ging Franz Xaver, kaufte einen hübschen Kasten, den er mit Pralinés füllen ließ, und zwischen die Pralines steckte er fünfzig Doppelzechinen für die neuen Möbel. Er schrieb ihr einen kurzen Gruß dazu, und daß er bald kommen würde, sie möchte sich nur inzwischen ganz nach ihrem Gefallen einrichten. Er ließ die kostbare Sendung durch sein Dienstmädchen hintragen. Selbst hinzugehen, konnte er sich nicht entschließen – auch die ganze folgende Woche über nicht.

Und dennoch war von der Abreise noch keine Rede. Er lebte so hin, beständig auf der Flucht vor dem biederen Hausgenossen und seiner lauten Gesellschaft. Er ging auf keine Redoute, kaum ein-, zweimal ins Theater und – wartete.

Täglich kam er bei ihrem Hause vorbei, oft sogar mehrere Male, und dennoch blieb er seinem Entschluß getreu, nicht hinaufzugehen. Er wollte nicht den ersten Schritt tun oder sich gar wieder an der Korridortür abweisen lassen; sie mußte kommen und ihn holen.

Das ging so zehn Tage lang fort; Faschings Ende stand bevor. Am Abend dieses letzten Tages sah er, als er wieder durch die bewußte Straße schritt, aus der Tür ihres Hauses einen stattlichen Herrn heraustreten, der eine goldene Brille und einen schöngepflegten, leicht graumelierten Bart trug. Das war also mit großer Wahrscheinlichkeit der bewußte Professor.

Er ging dem Herrn in einiger Entfernung nach. Eine rasende Begier, den Mann in einer stillen Ecke zu überfallen und windelweich zu dreschen, rumorte ihm in den Adern. Er trug einen guten Stock bei sich – der Herr Professor auch. Eine Mensur auf spanische Rohre ohne Binden und Bandagen – so furchtbar jungenhaft sie war, ihm erschien die Idee köstlich erfrischend; oder auch bloß den Mann zu überholen und ihn unter der nächsten Laterne mit höflich gezogenem Hut anzusprechen: »Guten Abend, Herr Professor, ich habe gehört, Sie beabsichtigen die schöne Frau Lona zu heiraten. Ich kann Ihnen zu Ihrer Wahl nur herzlichst gratulieren, denn ich habe den Vorzug, die Dame sehr genau zu kennen, und ich kann Ihnen sagen, sie besitzt Qualitäten...!«

Aber es kam kein stiller, dämmeriger Winkel. Der Herr wohnte in einer sehr belebten Gegend. – Im nächsten Café ließ sich Franz Xaver das Adreßbuch geben und stellte mit dessen Hilfe den Namen des Professors fest. Dann ging er nach Hause und schämte sich. Und dann packte er seinen Koffer.

Da klingelte es draußen. Das Mädchen kam herein und meldete eine Dame, die Herrn Meusel zu sprechen wünsche.

»Kennen Sie die Dame?«

»Nein. Sie hat einen dichten, schwarzen Schleier vorm G'sicht.«

»Also bitte, lassen Sie sie eintreten!«

Franz Xaver stand am Tisch und hielt sich mit der Rechten daran fest. Er zitterte am ganzen Leibe.

Die schwarzverschleierte Dame trat über die Schwelle und drehte ihm alsbald den Rücken zu, indem sie nach der Klinke griff.

»Herr Balzer ist nicht daheim?« fragte sie.

»Nein. Herr Balzer ist nicht daheim. Mit wem habe ich die Ehre?« stammelte der Mann kindisch verwirrt.

Da schob die Dame vorsichtig den Riegel vor die Tür, nestelte dann ihren Schleier ab und wandte sich mit einer flotten Kehrtwendung ihm zu.

»Fräulein Moosgrün?! Was soll denn... Das ist doch wirklich...!« Er rang nach Worten. Ganz rot war er im Gesicht vor zorniger Enttäuschung.

Und mit bittend gefalteten Händen trat das Afferl auf ihn zu und flehte in süßem Kinderton: »Bitt' schön, net bös sein! Gellens, lieber Herr Meusel, net bös sein! Ich hab' g'wußt, daß ich Sie heut' gegen Abend allein treffen würbe, und da hab' ich mir ein Herz g'faßt und bin g'schwind her.«

»Ja, was wollen Sie denn von mir,« rief Franz Xaver unmutig, »und was fällt Ihnen denn ein, die Tür zuzusperren?« Er trat rasch hinter das Mädchen und schob den Riegel wieder zurück. »Ich habe keine Heimlichkeiten mit Ihnen, Fräulein Moosgrün.«

Sie stand immer noch bei der Tür, dicht neben ihm. Ängstlich schaute sie zu ihm auf, als fürchte sie, im nächsten Augenblick Schläge zu bekommen. »Net bös sein.« stammelte sie noch einmal, und dann liefen ihr auf einmal die hübschen, lustigen Augen über, und sie fing herzbrechend zu schluchzen an.

Franz Xaver konnte Frauen nicht weinen sehen. Ganz nervös schritt er ein paarmal im Zimmer hin und her, und dann klopfte er ihr leicht auf die Schulter und sagte: »Na, nu hören's scho auf, Fräulein. Ist Ihnen was Schlimmes passiert? Was druckt Ihnen denn das Herzl ab? – Also gehen's, so reden's scho.«

Immer noch schluchzend entledigte sie sich ihrer Handschuhe, zog ihr Tüchlein hervor, trocknete sich die Augen und schneuzte sich umständlich. Dann vermochte sie endlich Worte zu finden: »Also schaun's, Herr Meusel,« begann sie, indem sie seiner Aufforderung folgte und sich auf den Diwan niedersetzte: »das grämt mi halt so vüll, daß mich alle für so ein leichtfertiges Afferl halten, und Sie besonders, Herr Meusel. Sie sollen net denken, daß i mit dem Herrn Balzer ein G'spusi hätt', weil er mich so oft einladen und mir schöne Sachen schenken tut. Ja, mein Gott, ich bin ein arms Madel, und wann mir jemand was schenken tut, so sag' i halt dank' schön und nimm's; aber z'wegen dem bin i doch noch net schlecht, und a bissel Leichtsinn ist doch ka so große Sünd', wenn mer jung is und a bissel sauber.«

»Ja, dagegen habe ich ja gar nichts einzuwenden,« lachte Franz Xaver gutmütig; »aber weshalb müssen Sie mir denn das sagen? Gehen's doch zu Ihrem Beichtvater.«

»Aber, Herr Meusel, schaun's, mir liegt doch gar nixen an der Absolution, wann Sie mich immer so bös anschaun.«

»Bös, ich?«

»No etwa net? Ich weiß net, Herr Meusel, ob Ihna irgend a Madel in ganz München so gern hat als wie ich. Alle die anderen Mannsleut lach' ich gerad' ins Gesicht, aber Sie, wann's mich so spöttisch anschau'n, möcht' ich vor Zorn und Gram gleich gerad' 'nausschrei'n. San's denn so vüll stolz, daß Ihnen an arm's Ballettmädel zu g'ring is?«

Franz Xaver rang nervös die Hände ineinander: »Ja, mein liebes gutes Kind, die Liebe läßt sich doch nicht kommandieren.«

»Bin ich Ihna denn so vüll z'wider?« fragte sie von neuem, vor sich hinschluchzend. »Ich möcht' Ihna doch so gern alles z'lieb tun, wenn Sie's bloß mit mir probieren möchten und mi a bissel gern haben. Schaun's, ich hab' auf der letzten Redout eine sehr großartige Bekanntschaft gemacht, an sehr an reichen jungen Herrn. Sein Vater is Kommerzienrat, und er selbst hat a scho sei eigne Brauerei. Der hat mich g'fragt, ob ich sein Weib werden will.«

»Was, Deifel, gleich heiraten will er Sie? Aber Madel, das ist ja eine großartige Chance! Greifen's doch zu.«

»Heiraten gerat' net,« versetzte sie harmlos, indem sie ihr Sacktuch zu einem kleinen Ballen zusammenwurstelte und damit in ihre Augen tupfte, »bloß so, wissen's, wie mer sagt: sein Weib werden. D' Mutter und meine Schwestern reden mir natürlich zu, ich soll's annehmen, denn es ist doch eine Versorgung für die ganze Familie, net? Und wann's a net lang' dauert, mer kann doch was auf d' Seit legen, net? Aber ich hab' mer denkt, ich müßt's Ihna doch erst sagen, Herr Meusel.«

»Ja, warum denn mir?« rief Franz Xaver erstaunt. »Ich werd' Sie doch net hindern. Ihr Glück zu machen.«

»Ein Glück is doch des gar net für mich, weil ich doch um den Herrn nix nachfrag', 's ist a rechter feiner, nobler Herr, und Reserveoffizier is er auch. Des wär' scho alles recht, aber – 's fehlt halt doch d' Lieb' dabei.«

Franz Xaver ging auf sie zu und legte ihr die Hände auf die schmalen Schultern: »Und da kommen Sie zu mir, um sich zu vergewissern, ob Sie d' Lieb' net vielleicht bei mir finden, net wahr? Is das so, versteh' ich so recht?«

Sie nickte eifrig mit dem Kopf.

»Ja, Sie glauben wohl, daß die Wirtschaft aus dem vollen Topf immer so weitergehen würde bei mir? Da irren Sie sich, mein liebes Kind. Dieser Topf ist unten durchlöchert wie ein Sieb: das Gold fließt durch und immer in ein Faß ohne Boden hinein. Das geht vielleicht noch ein paar Wochen oder Monate so hin und dann, eines schönen Tages, huit, futsch, aus is! Da haben wir nix mehr und gehen wieder in die Kronfleischküche mittagmahlen.«

Das Fräulein erhob sich, streichelte Franz Xaver zaghaft über die Weste und sagte verschmitzt lächelnd: »So lang' S' mi gern haben, kommt's net so weit, daß Sie in der Kronfleischküch' speisen müssen. Ich sorg' schon dafür, daß Ihna nie nix abgeht. Z'wegen was hat mer denn an reichen Verehrer!«

Franz Xaver stand ganz starr da: »Also so meinen Sie's?«

»Ja, geh, schau, das wollt' ich dir – das wollt' ich Ihnen doch erst sagen, eh' ich dem jungen Braudirektor seinen ehrenvollen Antrag annimm. Darum bin ich doch herkommen, daß S' net schlecht von mir denken sollen, Herr Meusel.«

Franz Xaver stand sprachlos. So was war ihm doch noch nicht vorgekommen! Sollte er nun das schamlose Geschöpf, das ihm einen so schmachvollen Antrag anzudeuten wagte, mit einem Fußtritt zur Tür hinausbefördern, oder sollte er über soviel lasterhafte Naivität eine gerührte Träne vergießen? Er tat weder das eine noch das andere. Vielmehr vergaß er ganz die Rolle, die er selbst in diesem merkwürdigen Abenteuer spielte, und freute sich der seltsam neuen Situation mit rein künstlerischem Behagen. Er begann im Zimmer auf und ab zu gehen und machte von Zeit zu Zeit vor dem Fräulein Milly Moosgrün halt, indem er es äußerst interessiert ins Auge faßte, wie der Forscher ein seltenes Naturobjekt. Seine dichterische Phantasie war eifrig an der Arbeit, indem sie sich die anmutigen Familienverhältnisse dieses talentvollen Kindes und seine ganze seelische Entwicklung vorzustellen suchte.

Die Kleine hatte vom vielen Weinen den Schlucken bekommen und erzählte, von häufigen Luftstößen unterbrochen, daß ihr der Herr Brauereidirektor eine Villa am Tegernsee und für die Wintermonate ein paar hübsch möblierte Zimmer in München und sonst noch alle möglichen Herrlichkeiten mitsamt liebevoller Behandlung in Aussicht gestellt habe. Die einzige Bedingung war, daß sie auch fernerhin dem königlichen Corps de Ballet und außerdem ihm selber treu bliebe.

Aber Franz Xaver hörte gar nicht mehr auf ihr Geschwätz. Er war ganz in seine Gedanken verloren. Die gute Stadt München ist nicht nur im Fasching, sondern auch zu allen anderen Jahreszeiten ein gar lustig brodelnder Hexenkessel von unterschiedlichsten Humoren und wunderlichsten Moralen – er hatte die merkwürdigste Kostprobe mit dem Punschlöffel herausgeschöpft: ein so sonderbares Küchlein wie die Spezies Milly Moosgrün war ihm doch noch nicht unter die Nase gekommen. Und dieses Schladrigackerl gedachte ihm die Uneigennützigkeit seiner Liebe dadurch zu beweisen, daß es den Sündensold des Braudirektors mit ihm teilte! Er schüttelte sich. Und dann ging er in sein Schlafzimmer und holte ein Glas Wasser, denn er konnte das Schlucksen nicht mehr anhören.

»Da, Mädel,« sagte er, indem er ihr das Glas hinreichte, »halt' den Atem an und trink' neun kleine Schlucke, verstanden?« Und während sie seinen Befehl gehorsam ausführte, bewegte der Dichter seinen dicken Kopf hin und her und dachte: »Was hab' denn ich nur an mir, daß mir lauter so Geschöpferl, denen ich gar net nachfrag', ihre opferfreudige Verehrung so ins Haus tragen?«

Da schlug draußen die Entreeglocke an. Die Milly sprang auf und setzte hastig das Glas weg, und auch Franz Xaver blieb lauschend beim Tisch stehen. Draußen wurden leise, unverständliche Worte gemurmelt, und dann klopfte es an die Tür.

Das Dienstmädchen trat herein. Verhaltenes Lachen zuckte über ihre einfältigen Züge, während sie meldete, daß abermals eine schwarzverschleierte Dame den gnä' Herrn zu sprechen wünsche. Einen Moment stand Franz Xaver unschlüssig da, dann schritt er mit einem raschen: »'s is recht, ich schau selbst nach,« hinaus.

Es war Frau Lona. Ratlos starrte er ihr in das blasse Gesicht, von dem sie rasch den Schleier fortgezogen hatte.

»Ich komme wohl ungelegen? Haben Sie Besuch?« fragte sie und blickte lauernd zu ihm hinauf. Sie machte Miene, zu gehen.

»Nein, nein, kommen Sie nur herein.« Und er griff hastig nach ihrer Hand und führte sie vom Korridor aus direkt in sein Schlafzimmer. Die Tür zum Salon stand noch auf. Franz Xaver ging hinein und machte die Tür hinter sich zu. Verlegen, am ganzen Leibe zitternd vor Aufregung, trat er zu dem kleinen Fräulein und flüsterte drängend: »Also bitt' Sie, Fräulein, lassen's mich allein. Mir reden schon noch ein andermal drüber. Schlagen's sich die Dummheiten aus dem Kopf, ja? Ich bin Ihnen net bös – aber so geht's amal net.« Er griff in seine Westentasche und holte zwei Goldstücke heraus, die er ihr rasch in die Hand drückte: »Da hier, kaufen's sich ein schönes Andenken.«

Da verzerrte sich plötzlich ihr weinendes Kindergesicht zur Wut. Sie warf ihm die beiden Goldstücke vor die Füße und fauchte ihn an wie eine böse, kleine Katze: »Ah, so ist des: jetzt ist Ihr Schatz kommen – jetzt kann i gehen? Recht is, i geh schon, 'nauswerfen laß i mi net. Adie, Herr Meusel – mich sollen's noch anders kennenlernen! Ich hab' a mein' Stolz. Wünsch' gute Unterhaltung. Servus.« Draußen war sie und warf die Tür mit einem Knall ins Schloß.

Franz Xaver wartete, bis er auch die äußere Tür zuschlagen hörte, dann ging er hinaus, sah sich im Korridor um, horchte auf die auf der Treppe sich entfernenden Tritte, seufzte tief auf und fuhr sich mit allen zehn Fingern durchs Haar. Dann ging er wieder hinein und rief Frau Lona aus dem Schlafzimmer in den Salon.

»Wer war denn das?« fragte die Dame, eifrig mit den beweglichen Nasenflügeln in der Luft herumschnuppernd. »Das riecht ja nach Patschuli. Soll das vielleicht Ihre Rache dafür sein, daß ich Sie neulich nicht hineinließ?«

»Sie verkennen mich vollständig,« versetzte Franz Xaver mit dem äußersten Bemühen, recht kühl zu bleiben. »Wenn Sie Wert darauf legen, kann ich Ihnen diesen Besuch in einer Weise erklären, die mich vollständig in Ihren Augen rechtfertigen dürfte. Ich gebe Ihnen mein Ehrenwort, daß keinerlei Beziehungen...«

»Lassen Sie nur, lassen Sie nur,« rief Frau Lona nervös, »Sie sind mir ja durchaus keine Rechenschaft schuldig. Ich glaubte nur, daß nach dem, was zwischen uns...« Sie brach plötzlich ab und wandte ihm den Rücken.

Eine Weile wartete er, daß sie weiterreden sollte, aber als sie beharrlich schwieg, machte er einen Schritt auf sie zu und sagte leise: »Und ich glaubte, daß nach dem, was neulich zwischen uns passiert ist, und nach der Abweisung, die ich am andern Tage erfahren mußte, von Ihnen, meine gnädige Frau, etwas früher irgendeine Aufklärung erfolgen mußte – eine Zeile – ein Wink.«

Sie wandte sich ihm wieder zu und stöhnte statt aller Antwort: »Uff! es ist furchtbar heiß hier! Geben Sie mir ein Glas Wasser, bitte.«

Franz Xaver schaute verwirrt um sich, und da kein anderes Wasserglas vorhanden war, nahm er jenes vom Tisch, aus dem das Afferl getrunken hatte, ging damit ins Schlafzimmer, spülte es heftig aus und brachte es frisch gefüllt zu der blassen Dame herein. Sie trank es gierig leer, und dann folgte sie seiner Aufforderung, abzulegen und Platz zu nehmen. Sie saß auf dem Sofa, er stand vor ihr und ließ einen verstohlenen, scheuen Blick an ihrer schönen, schlanken Gestalt, die heute in einem originellen, weichfaltigen Seidengewande steckte, herabgleiten.

»Ich habe drin gesehen, daß Sie beim Kofferpacken sind,« hub Frau Lona nach einer Paule wieder an, »wollen Sie denn verreisen?«

»Allerdings. Heute noch, mit dem Nachtzug über den Brenner.«

»Nach Italien? Allein?«

Er nickte nur bejahend.

»Doch nicht etwa wegen dem Professor?«

»Nein. Aber... Schau'n Sie, Frau Lona, ich habe die Sache eben, scheint's, ganz anders aufgefaßt wie Sie: mich hat's total aus dem Gleis geworfen. Ich kenne mich selbst nicht mehr. Ich g'fall mir selbst net mehr – ich will schauen, daß ich drüben über den Alpen einen anderen Franz Xaver find', der mir bessere G'sellschaft leisten kann. Dieser Kerl ist mir z'wider geworden.« Er schlug sich mit der Faust auf die Brust und lachte. »Ihnen kommt's vielleicht komisch vor, daß ich, ein ausgewachsenes Mannsbild, durch das Abenteuer einer Faschingsnacht mich so über den Haufen werfen lass'. No ja – Sie sagten ja auch, ich wär' der erste Dichter, den Sie kennenlernten. Wir sind einmal Querköpfe: Spaß nehmen wir für blutigen Ernst und blutigen Ernst für Spaß – je nach Stimmung.«

»Ja, glaubst du denn, daß ich das für Spaß genommen hätte?« Sie hatte die Hände ineinandergeschlagen und richtete die großen Augen mit schmerzlichem Lächeln zu ihm empor. »Ich bin doch auch nicht mehr ich selbst. Ich bin doch auch ganz und gar über den Haufen geworfen – so verwirrt, ich weiß nicht aus und ein. Nur das eine weiß ich: zu mir darfst du nicht wieder kommen! Es war so schrecklich, es überläuft mich kalt, wenn ich daran denke. – Das Kind...«

»Also habe ich das nicht geträumt?« flüsterte Franz Xaver heiser, indem er sich auf einen Stuhl ihr gegenüber setzte und mit seinen großen Tatzen die Lehne umklammerte.

Sie nickte verstört, und dann fügte sie leise hinzu: »Das Kind wiederholt's alle Tage: der böse Mann soll nicht wiederkommen. – Siehst du, darum konnte ich mich zu keiner Zeile aufraffen. Ich wußte nicht, was ich dir schreiben sollte. Aber heute nachmittag sah ich von meinem Fenster aus, wie du dem Professor nachgingst, und da packte mich eine solche Angst – nicht um den Professor – um dich! Ich wußte auf einmal, daß du alle Tage da vorübergegangen sein mußtest, daß du dich in fürchterlichen Zweifeln quälst, daß du mich vielleicht verachtest. Und da hielt es mich nicht länger, ich mußte selbst kommen und dir alles erklären und dir sagen – daß ich dich wahnsinnig liebe.« Sie kniete plötzlich neben ihm, und ihre Arme strebten an seiner Gestalt hinauf.

»Lona, ist das wahr?« Er packte sie bei den Schultern und starrte ihr in die Augen, übermannt von Entzücken und wilden Zweifeln.

»Wie soll ich es dir beweisen? – Fordere!«

Er nahm ihren Kopf zwischen seine Hände und beugte sich nah zu ihr herunter: »Laß den Professor laufen und trenne dich von dem Kinde.«

Da schrie sie auf: »Du...!« Sie machte sich los, sprang auf die Füße und begann händeringend, schweratmend auf und ab zu gehen.

Franz Xaver erhob sich gleichfalls und ließ sie nicht aus seinen Augen. Wie ein schönes, wildes Tier im Käfig lief sie da auf und ab, hochatmend, ihre schmalen Lippen zwischen den weißen Zähnen beißend. Lange sprach keines von beiden ein Wort.

Dann wandte sich Franz Xaver und knirschte fast unhörbar vor sich hin: »Ich wußte es ja.« Er lachte kurz auf und trat an den Vertiko. Dann zog er den Schlüssel aus der Westentasche, öffnete, entnahm dem Schrank die schöne Majolikavase und stellte sie auf den Tisch.

»Da, das ist der Topf der Danaiden. Du wolltest ja kommen und im Golde wühlen.«

Sie trat herzu, ohne ihn anzuschauen, streifte ihren Ärmel vom rechten Handgelenk in die Höhe, versenkte die Hand in das Gefäß und ließ die Goldstücke klirren. »Das ist schön,« sagte sie. »Auf so etwas kann nur ein Dichter kommen.« Sie warf die Lippen auf und zeigte ihr blitzendes Gebiß. Dann holte sie eine Handvoll Goldstücke heraus und ließ sie von hoch oben wieder hineinfallen. Plötzlich lachte sie wild auf und trat dicht vor ihn: »Willst du mich damit in Versuchung führen? Willst du mir damit meinen Professor und mein Kind abkaufen? – Du kennst mich schlecht.«

Wortlos nahm er das Gefäß auf und stellte es wieder an seinen Platz, dann sagte er leichthin: »Ich wollte dir nur noch ein Vergnügen machen – zum Abschied.«

»Ach so,« lachte sie ebenso leichthin, und dann steckte sie eine Strähne ihres roten Haares, die sich von der Frisur losgelöst hatte, wieder auf, nahm ihren Hut und trat damit vor den Spiegel.

»Du fährst also heut nacht – bestimmt?«

»Jawohl, ganz bestimmt heut nacht.« Er half ihr in ihre Pelzjacke hinein und begleitete sie bis zur Tür.

Da blieb sie stehen und legte ihm leicht die Hand auf den Arm und blickte mit ihrem nixenhaften, lockenden Lächeln zu ihm empor: »Leb' wohl, mein Freund,« sagte sie leise, wie mit verhaltenem Kichern, »du sollst mich kennenlernen!« Dann schlüpfte sie mit leichten Schritten auf den Korridor und zur Tür hinaus.

Franz Xaver war allein. Und genau so, wie eben noch das schöne Weib, schritt nun er raubtiermäßig in seinem Käfig auf und ab und nagte sich die Lippen und knirschte vor sich hin: »Kennenlernen soll ich sie – und die andre auch! Haha, muß denn das so sein, daß die Weiber solche Narren aus uns machen? Hol's der Deixl, ich geb' mich net dazu her!« Und er trumpfte mächtig mit der Faust auf den Tisch, riß das Fenster auf und sog, wildschnaubend, die kalte Nachtluft ein.

Um zehn Uhr fünfundzwanzig ging der Nachtzug nach Italien. Es waren kaum mehr anderthalb Stunden Zeit bis dahin. Von dem Mädchen ließ er sich etwas kalte Küche auftragen, dann aß er und packte gleichzeitig. Zehn Minuten vor zehn war er fertig und fuhr zum Bahnhof. Eine tolle Idee tauchte plötzlich in seinem Gehirn auf: wenn sie da wäre –! Er lief durch alle Wartesäle und auf den Perron hinaus und wieder in die weite Vorhalle und starrte allen verschleierten Damen ins Gesicht – sie war nicht da. Dann kaufte er sein Billett nach Venedig, besorgte sein Gepäck und ging zum Zug. In alle Kupees sah er hinein – sie war nicht da. Unsinn auch, so etwas zu denken!

Aber fünf Minuten vor Abfahrt erschien in großer Gesellschaft sein Freund, der Hofopernsänger. Den ganzen Stammtisch aus dem Kaffeehaus und eine stattliche Auswähl der neuesten und schönsten Redoutenbekanntschaften hatte der gute Mann aufgeboten, um dem scheidenden Freunde eine Ovation darzubringen. Eine Flasche Sekt und einen Maßkrug hatte er mitgebracht. Der ging reihum, und Franz Xaver mußte mit einem tiefen Schluck Bescheid tun. Und als der Zug plötzlich sich in Bewegung setzte, da brüllte die ganze Gesellschaft wie toll: »Heil und Sieg!« und Balzer Theo ließ seinen herrlichen Bariton erschallen und schmetterte Wotans dreimaliges

»Lebewohl!« hinaus, daß es von der weiten Glaswölbung mächtig widerhallte.

Die Lokomotive fauchte in die Nacht hinaus, und Franz Xaver warf sich aufs Kissen, bearbeitete seine Knie mit seinen Fäusten und knirschte vor sich hin: »Du Narr du; warum kannst jetzt du das Leben net nehmen wie die edle Gesellschaft da? Laßt uns essen, trinken und lieben, denn morgen sind wir tot. Gesunde Philosophie das. Und man kann ein ehrlicher Philister trotzdem werden, wenn man nicht vorher an Magenerweiterung und Herzverfettung zugrunde geht.«

Am Ostbahnhof gab's den ersten kurzen Aufenthalt. Franz Xaver wischte den Schweiß von den Scheiben und schaute hinaus. Kein Mensch stieg da ein. Und der Zugführer setzte eben die Pfeife an den Mund, als in größter Aufregung eine Dame den Perron betrat und an dem Zuge entlang zu laufen begann.

»*Arrêtez, arrêtez donc!*« hörte er sie ängstlich kreischen. Die Lokomotive zog bereits an. Da gab der Stationsvorsteher Gegensignal, und mit einem Ruck prallten die Wagen aufeinander, daß Franz Xaver, der sich erhoben hatte, schwer auf den Sitz zurückfiel.

»*Montez, madame, vite, vite, en voiture!*« hörte er den Stationsvorsteher rufen. Eine Tür knallte, die Pfeife schrillte, der Zug setzte sich abermals in Bewegung.

»Damische Weibsbilder,« brummte ein dicker Herr, der mit Franz Xaver das Kupee teilte, ärgerlich; »immer zum letzten Moment müssen's kommen, und nachher verlangen's auch noch, daß ein königlich bayrischer Stationsvorstand französisch reden soll. – Machen's sich nur bequem, Herr, ich fahr' nur bis Rosenheim.«

Franz Xaver holte seinen Handkoffer herunter, schloß ihn auf und kramte darin herum nach Pantoffeln und Kommodjacke. Er machte sich für die Nacht zurecht, und dann schmiegte er sich in seine Ecke, die Beine unter der Reisedecke. Bald schloß er die Augen und ließ sich von dem Rasseltakte der Räder einlullen.

Die Tür wurde zurückgeschoben. Er griff in die Tasche, holte sein Billett heraus und streckte es aufblinzelnd dem Schaffner entgegen. Aber es war nicht der Schaffner. Etwas Weiches, Duftiges schmiegte sich an ihn, und zwei kleine Hände in zarten Glacés schlossen sich um seine Rechte, und eine süße Stimme flüsterte ihm dicht am Ohr: »Ich bin's. Ich komme mit.«

Sie war es wirklich. Der rote Kopf lag an seiner Schulter, und die schmalen, blutroten Lippen schwatzten französisch. – Und der dicke Herr gegenüber, der nach Rosenheim wollte, riß die Augen weit auf und glotzte wie ein Ochs, dem ein unwahrscheinliches Windspiel über den Weg läuft. Franz Xaver aber saß da wie betäubt. Alle seine Pulse hämmerten, das Blut rauschte ihm in den Ohren – und bis Rosenheim sprach er kein Wort.

Sie fuhren zunächst nach Venedig, dann über Mailand, Genua, Pisa, Bologna nach Florenz, wo sie vierzehn Tage Station machten. Und weiter nach Rom, Neapel und Capri. Frau Lona hatte nichts bei sich gehabt als ein kleines Handtäschchen mit dem Notwendigsten für die Nacht. Aber während der Reise stattete er sie von Kopf bis zu den Füßen so reichlich aus, daß sie schließlich mit vier Koffern reisten, wovon zwei sehr beträchtlichen Umfanges waren. Und das war das Allerschönste an der Reise: das Kaufen für seine Dame, das Schenken aus dem vollen. Sie war keineswegs verschwenderlsch und habgierig wie eine Kokotte, sie hatte vielmehr einen wirklich guten Geschmack für solide, schöne und eigenartige Dinge und vor allem die Gabe, sich anmutig zu freuen – über Kleinigkeiten gerade-so sehr, wie über die kostbarsten Kleider und Schmucksachen.

Als sie so drei Wochen lang miteinander gereist waren, da war es von des Dichters Seite nur noch das Entzücken über ihre Freude, was ihn immer aufs neue hinriß und an diese blasse wilde Frau fesselte. Ja, wild war sie, raubtiermäßig wild bis zur Unheimlich-keit. Eine Frau in den Dreißigern, deren Sinnlichkeit bisher geschla-fen haben mußte, und die nun auf einmal aufloderte in einem ver-zehrenden Feuer. Aber Franz Xaver konnte dieses Feuer nicht teilen oder doch wenigstens nur ganz kurze Zeit. Dann mußte er bereits anfangen, vor ihr eine Komödie der Leidenschaft aufzuführen – und noch ein paar Wochen hin, da hatte sich seiner ein schaudern-der Widerwille bemächtigt.

Ihre Erscheinung fiel überall auf. Sie verstand die auserlesenen schönen Dinge, die ihr angeborner Geschmack immer passend wählte, wie eine wirkliche große Dame zu tragen – und das schmei-chelte Franz Xavers Eitelkeit ungemein. An der Seite dieser Dame hielt man ihn natürlich allgemein für einen Milordo, und das mach-te ihm gleichfalls ein geradezu kindliches Vergnügen. Er war ein-fach genial in der Erfindung immer neuer, fabelhaft feudal und exotisch klingender Familiennamen, unter denen er sich und seine Gattin in die Fremdenbücher eintrug. Da das Wetter um die Jahres-zeit meist recht ungemütlich war, konnte er den Überschwang sei-ner Begeisterung auf die Kunst konzentrieren, und Frau Lona ließ ihn auch in dieser Beziehung keineswegs im Stiche, wenngleich er ihr anmerkte, daß sie die Museen zuweilen recht herzlich langweil-ten. Immerhin zeigte sie eine Lernbegierde, die wohl nicht ganz erheuchelt war, und auch eine gute Auffassungsgabe. Im übrigen hatte es Franz Xaver bald heraus, daß ihre Bildung eine äußerst oberflächliche war. Lange Vorträge seinerseits reizten sie immer bald zum heimlichen Gähnen. Lieber schwatzte sie schon selber; aber Gedanken kamen dabei nicht zum Vorschein. Es waren nur hängengebliebene Phrasen, ein geschicktes Konversationmachen, vollständig genügend für die große, ja für die allergrößte Welt, aber durchaus dürftig für die Ansprüche eines radikalen Denkers und eigenbrötlichen Dichters, wie der vierschrötige Franz Xaver Meusel in der Tat einer war. Nur wenn er ihr in heißen Stunden seine phantastischen Tollheiten ins Ohr flüsterte, gähnte Frau Lona nie, sondern sog mit geschlossenen Augen, selig lächelnd, jedes Wort gierig in sich ein. Das war der Zauber, mit dem er dies leidenschaftliche Weib an sich gefesselt hielt. Und er mußte sich selber mittrunken machen durch seinen orgiastischen Wortschwall, um überhaupt sich in die nötige Stimmung hineinschwindeln und ihre hinreißende Leidenschaft lohnen zu können.

Am Anfang der Reise hatte er ein paarmal das Gesprach auf den Professor und auf das Kind zu bringen gesucht, aber da hatte sie ihn immer so nervös ungeduldig abgewiesen, daß er bald das Fragen unterließ. Von dem Kinde hatte sie ihm gesagt, daß es bei der Großmutter gut aufgehoben sei, und sie schien sich auch gar keine Sorge weiter darum zu machen. Briefe schrieb sie weder, noch empfing sie welche. Es durfte ja niemand von den Ihrigen wissen, wo sie war. So mußte denn Franz Xaver stillschweigend annehmen, daß sie tatsächlich auf seine Bedingung eingegangen, und daß das Kind für immer entfernt, die Heirat mit dem biederen Professor endgültig aufgehoben sei. Was aber nun?

Durch das Liebesopfer, das sie ihm gebracht, hatte sie sich jedes Haltes für die Zukunft beraubt. Er wußte, daß sie ihr Vermögen in das Geschäft des Mannes gesteckt, und daß es dabei verlorengegangen war. Er wußte auch, daß der Mann sich nur verpflichtet hatte, ihr ihre kleine Rente so lange zu zahlen, bis sie sich etwa wiederverheiratete. Der Professor war wohlhabend und konnte ihr ein sorgenfreies Leben bieten. Der großartige Stil, in dem die beiden gegenwärtig ihre wilden Flitterwochen genossen, ging natürlich arg über den Glückstopf her, und wenn sie diesen Stil beibehielten, war in ein paar Wochen die letzte Zechine durch das Sieb gesickert. Was

dann? Großer Katzenjammer, Dürftigkeit, ewige Sorge, Demüti-
gung, künstlicher Rausch und nagende Reue. Den Anstand hatte er
allerdings dann gewahrt, die Moral war gerettet; aber war das der
rechte Lohn, den dies arme Weib für seine leidenschaftliche Opfer-
freudigkeit zu fordern berechtigt war?! Franz Xaver hielt sich fest
davon überzeugt, daß sie nicht aus Abenteuerlust oder der reichen
Geschenke wegen, die sie ihr einbrachte, diese wilde Fahrt ins Blaue
unternommen habe. Sie liebte ihn wirklich, ihn ausschließlich, und
mit einer so verzehrenden Leidenschaft, daß andere Männer gar
nicht für sie existierten, und daß er, der krumme, unelegante Kerl,
ihr täglich neu erschien und sie mit seinen Blicken, seiner Liebko-
sung und mit seinen süßen Worten gar immer wieder in diesen
Taumel mänadischer Verzückung hineintreiben konnte.

Wenn sie schlief, lag er oft noch lange wach und schlug sich mit
diesen trüben Gedanken an die Zukunft herum. Drei Wochen war
ihr Verhältnis jetzt alt, und schon war das, was er an höheren Wer-
ten in diese wilde Ehe eingebracht hatte, zusammengeschrumpft
auf ein bißchen ehrliche Achtung und Dankbarkeit. Die Achtung,
die jeder anständige Mann für die Frau empfindet, die sich ihm aus
Liebe hingibt, und die Dankbarkeit für die Befriedigung, die sie
seiner Eitelkeit durch ihr elegantes Damentum gewährte. Das war
alles von seiner Seite. War es da nicht ein Wahnsinn, ihr zu sagen:
Bleiben wir zusammen; teilen wir nach der kurzen Herrlichkeit
auch das lange Elend miteinander. Wenn du allmählich all die köstlichen Dinge, die ich dir geschenkt habe, wieder versetzest oder
verkaufst, so können wir immerhin noch ein paar Monate durch-
kommen. Inzwischen habe ich vielleicht ein Drama geschrieben, das
vielleicht aufgeführt wird und vielleicht etwas einträgt. Ich habe
zwar bisher noch nicht bemerkt, daß deine Liebe meine dichterische
Schaffenskraft anrege – im Gegenteil, das Hirn ist mir seither wie
ausgebrannt, und ich erschöpfe meine ganze Phantasie in dem
fortwährenden krampfhaften Bemühen, mich in den nötigen
Rauschzustand zu versetzen, um mich deiner elementaren Leidenschaft gegenüber nicht zu blamieren. Wenn du nicht mehr die schönen Kleider trägst, wirst du mich ja freilich kaum mehr so entzücken wie jetzt, und du wirst es eines Tages merken müssen, daß es
nur die Kleider sind, die dich in meinen Augen schön machen. Du
wirst eines Tages doch vielleicht den Schauder verspüren, der mich

immer überläuft, wenn ich deine Haut berühre, und dann wirst du sehr, sehr traurig werden, armes Weib: denn so groß deine Liebe auch ist, in eine andere Haut zu fahren, erlaubt sie dir doch nicht. Dann wirst du sagen, ich sei ein böses, undankbares Tier, und du hättest das prachtvolle Opfer deiner Leidenschaft an den Unwürdigsten von allen verschwendet, und dann wird zu dem Elend noch die Scham kommen, und mein Mitleid wird dich mit Ekel erfüllen. Ja, wenn du wärest wie die arme kleine Biche! Der würde ich ohne Gewissensbisse anbieten, zeitlebens an meiner Seite auszuharren. Die will bloß wissen, wo sie hingehört, und ist glücklich, wenn sie dableiben darf. Die weiß, daß sie mich nicht zu ihrem ewigen Schuldner macht durch die Entzückungen einer hinreißenden Leidenschaft. Ihr Ehrgeiz zielt nicht darauf hin, Dämon oder Muse zu heißen. Sie würde mich weder zu Extravaganzen aufstacheln, noch ängstlich mich zurückhalten, wenn ich etwa gefährlich hoch fliegen wollte. Mit ein bißchen Freundlichkeit und Gutsein mache ich die glücklich, und dafür betreut sie mich ein Leben lang. Und wenn sie Kinder von mir kriegen darf, fühlt sie sich überreich belohnt und hochgeehrt.

Das gute Bischibischerl! Es war beinahe komisch, daß er in solchem Zusammenhange so viel daran denken mußte. Das unscheinbare Ding – und dieses hinreißende Rasseweib nebeneinander! Niemals würde jemand auf die Idee kommen, mit Biche zu einer abenteuerlichen Hochzeitsreise durchzubrennen. Ach du lieber Himmel, sie war doch eigentlich gar zu reizlos! Und wenn er sich fragte, wie es denn möglich gewesen war, daß er sich überhaupt so weit mit ihr einlassen konnte, da fand er gar keine Antwort. Er wußte überhaupt seinem guten Hundl nur eine einzige glänzende Eigenschaft nachzurühmen: daß sie so gar nichts Störendes in ihrem Wesen hatte! War es das vielleicht, was sie so besonders geeignet für ein Dichterliebchen machte? – Er hatte der Biche einige Ansichtspostkarten und hin und wieder ein kleines Geschenk, Früchte, Bilder, einen Korallenschmuck und eine Schildpattgarnitur gesandt, aber nie eine Antwort erhalten – auch nicht erhalten können, weil er nie eine Adresse angegeben hatte. Ob sie wohl wußte, daß er in Gesellschaft reiste? Ob wohl irgend jemand in München eine Ahnung davon hatte?

Es beunruhigte ihn von Tag zu Tag mehr, daß Lona nie über die Zukunft sprach. Nahm sie als selbstverständlich an, daß sie immer zusammenbleiben und daß sie sich am Ende gar heiraten müßten? Oder wagte sie aus Angst, grausam aus dem süßen Traum geweckt zu werden, nicht, das Thema anzuschlagen?

Aber er sollte bald wissen, woran er war. Früher und ganz anders, als er es sich gedacht hatte. Und das kam so: das Geld, das er auf die Reise mitgenommen hatte, ging zum zweitenmal zu Ende. Das erstemal hatte der Balzer Theo von einem Münchner an einen römischen Bankier zweitausend Mark Kredit überweisen lassen, und Franz Xaver hatte sich das Geld, als sie nach Rom kamen, abgeholt. Das zweitemal schickte der Freund das Geld aber direkt an die Adresse in Neapel und schrieb einen langen Brief dazu. Erst allerlei Sentimentalitäten über seine Vereinsamung und über seine Gewissensbisse seiner guten Frau gegenüber, und dann einen recht kindlich stilisierten Bericht über die Orgien, die er in den letzten Faschingstagen gefeiert hatte. Der Brief schloß folgendermaßen:

»Ich glaube Dir als Freund nicht vorenthalten zu dürfen, daß Deine Eskapade mit der schönen Frau Gregory entdeckt ist. Wir wissen jetzt, daß das Dein Domino vom *Bal paré* war. Falls Du Ursache haben solltest, Dein Abenteuer geheim zu halten, so kann Dir diese Aufklärung vielleicht einen Wink geben über die Maßregeln, die Du zu treffen hast. Die Sache ist ganz merkwürdig zugegangen. Nämlich die Milly, Du weißt doch, die Kleine, die Du immer Fräulein Affengrün nanntest, die ist furchtbar wütend auf Dich – weshalb, weiß ich nicht. – Also vor acht Tagen war's, da kommt Dein ehemaliger Schatz, die kleine Mademoiselle, her, um sich nach Deiner Adresse zu erkundigen, und da war unglückseligerweise die Milly gerade bei mir zu Besuch. Ich konnte ihr die Adresse ja nicht geben, weil ich selber keine wußte. Aber die Milly ist riesig schlau. Die hatte es aus unserer Rede und Gegenrede gleich weg, in welchem Verhältnis Du zu der Mademoiselle stehst oder gestanden hast. Ich bin vielleicht auch etwas unvorsichtig gewesen, kurz, sie macht sich gleich an das Fräulein heran und begleitet sie auf dem Nachhauseweg. Nun merkte ich aber doch, daß sie etwas im Schilde führte und wollte sie nicht mit der Mademoiselle allein lassen. Ich ging also mit. Dein verflossener Froh war auch dabei, und ich mußte ihn an der Leine führen, weil das kleine Fräulein mich so dauerte wegen der Not, die sie mit dem großen Vieh auf der Straße hat – und noch dazu in ihrem Zustande! Wie wir nun so durch die Straßen gehen, springt der Froh auf einmal an einem Dienstmädchen in die Höhe, das gerade aus einer Haustür tritt. Und das Dienstmädchen lacht und nennt den Hund beim Namen und scherzt mit ihm. Da fragt Mademoiselle, woher sie denn den Hund kenne, und da sagt sie, er wäre einmal bei ihrer Herrschaft zugelaufen, und Herr Meusel hätte ihn da wieder weggeholt. Ich Esel frage auch noch, wie ihre Herrschaft hieße, und da sagt sie: Frau Lona Gregory. Und die Milly erkundigt sich gleich weiter, ob das nicht die schöne, blasse Dame mit dem auffallend roten Haar wäre. Ja, das wäre sie allerdings; aber die Dame wäre jetzt verreist – na und so weiter. Jetzt dachte sich die kleine Mademoiselle wohl auch ihr Teil, denn sie wurde ganz blaß, und die Milly, diese nichtsnutzige Kröte, freute sich diabolisch. Ich habe zwar die Milly gleich weggeschickt, und die arme Mademoiselle, weil sie sich kaum mehr auf den Beinen halten konnte, in einem Wagen nach Hause gebracht. Ich konnte ihr ja auch beschwören, daß Du allein von hier fortgefahren bist, und daß ich nichts von so einem Abenteuer wüßte, aber das half alles nichts. Die Mademoiselle war zwar ganz still, aber ich merkte ihr doch an, daß sie sich furchtbar grämte. Na, und die Milly ist nachher doch zu der Mademoiselle hinausgegangen und hat getratscht und sie aufgehetzt. Und dann hat sie sich auch an das Dienstmädchen der Frau Gregory herangemacht und hat von der alles erfahren, was sie wußte, z. B. auch, daß die Dame mit einem hiesigen Professor sehr befreundet ist, und dem hat sie einen anonymen Brief geschrieben, daß Du mit seiner Braut nach Italien durchgebrannt wärest. Die Kanaille hat mir alles erzählt, frech und höhnisch. Natürlich habe ich sie hinausgeschmissen und ihr das Wiederkommen verboten. Aber was hilft das jetzt? Das Unheil ist einmal angerichtet. Das heißt, ich weiß ja nicht, ob es ein großes Unheil ist – am Ende ist es gar nicht wahr. Du bist allein in Italien und die Dame ist nur zufällig auch fortgereist. Es wäre mir eine große Erleichterung, wenn Du mir diese Vermutung bestätigen wolltest, damit ich doch die Mademoiselle etwas trösten kann. Es geht ihr gar nicht gut, und der schreckliche Hund macht ihr nichts als Plage. Das liebste wäre mir schon, Du kämest bald wieder und brächtest die Geschichte in Ordnung. Der Affengrün muß man ein paar hinter die Ohren schlagen.

In alter Treue Dein Theo.«

Unglücklicherweise war Lona im Zimmer, als Franz Xaver diesen Brief las. Seine Bestürzung konnte ihr nicht entgehen. Sie wollte den Brief lesen. Er verweigerte ihn ihr mit ungeschickten Ausreden. Da gab's eine heftige Szene, die damit endete, daß Lona sich mit Gewalt des Schreibens bemächtigte.

Aus ihrem Gesicht, während sie las, konnte Franz Xaver nicht klug werden. Nur um ihren Mund zuckte es, und als sie zu Ende war, preßte sie die Lippen fest aufeinander und blickte starr vor sich hin. Franz Xaver trat zu ihr und streichelte ihr sanft das Haar:

»Geh, schau, mein süßer Schatz,« begann er in seinem wärmsten Tone, »die G'schicht ist am Ende gar net so schlimm, wie's auf den ersten Schreck ausschaut. Ewig verstecken kann mer sich ja doch net, und es versteht sich natürlicherweise ganz von selbst ...«

»Ja, es versteht sich von selbst, daß ich sofort abreise,« unterbrach sie ihn kalt entschlossen. »Du bleibst noch einige Zeit hier, und ich fahre zu meiner Mutter und zu meinem Kinde. Ich werde mir schon irgendwie ein Alibi zu verschaffen wissen. Die Mutter muß mir helfen, den Professor anzulügen.«

»Ja, was denn,« stammelte Franz Xaver ganz verwirrt, »denkst du denn wirklich noch daran, den Professor ...?«

»Aber selbstverständlich!« fiel sie ihm ins Wort. »Was soll denn sonst aus mir werden? Er ist doch mein einziger Halt. Daß ich dich liebe, habe ich durch meinen tollen Streich wohl zur Genüge bewiesen. Es war über alle Begriffe schön! Ich werde nie wieder einen andern Mann so lieben können, wie dich. Und ich werde auch immer für dich da sein. Ich schrecke vor nichts zurück, denn du hast mich einmal toll gemacht, und das vergesse ich im Leben nicht. Aber nun sei auch vernünftig! Beweise mir, daß du dankbar sein kannst. Ich denke doch, ich habe dir auch etwas gegeben, was du nie vergessen wirst. Also mach' mich nicht unglücklich und komme mir nicht in die Quere bei meinen soliden Absichten. Ich bin das der Ehre meines Mannes und meinem Kinde schuldig... nein, nein, fahre nur nicht auf! Ich weiß ganz gut, als Dichter begreifst du das nicht; aber das Leben ist einmal so, und ich darf meine letzte Chance nicht verlieren.«

Am nächsten Morgen reiste sie ab, und Franz Xaver starrte dem Zuge lange mit nassen Augen nach. Dann stieß er einen tiefen, tiefen Seufzer aus. Er war frei – erlöst! Und jetzt liebte er dieses Weib erst.

Franz Xaver fuhr von Capri ohne Aufenthalt durch bis Monte Carlo. Was soll ein einsamer, armer Junggeselle, der in der Lotterie gewonnen und sein Lieb verloren hat, auch anderes tun, als nach Monte Carlo fahren? Er spielte und gewann. Da setzte er sich in fröhlichster Laune und menschenfreundlichster Stimmung hin und schrieb an seinen lieben Freund Theodor Balzer eine Postkarte mit folgenden Verslein:

Geliebter Zofschmalzbariton, geehrtes altes Roulette!

> Pack des schnöden Mammons
> Reste Dir in Hose, Jack' und Weste.
> Beste Okkasion auf Erden,
> Geld mit Anstand loszuwerden,
> Find'st Du hier beim edlen Jeu –
> Pereat das *peu-à-peu*!
> Dreißig-Vierzig, Schwarz und Rot
> Schlagen alle Trübsal tot.
> Und beim großen Coup auf Zéro
> Kriegst als Prämie die Otéro.
> Laß das Fräulein Affengrün
> Einsam Gift und Galle sprühn.
> Was auch die Verleumdung treibt –
> Ich bin frei und unbeweibt.
> Also reise eilzugswend'sch.
> Vielgeliebter Achtelsmensch.
> Es erwartet mit dem Haferl
> Dich mit Ungeduld

> Franz Xaverl.

Der biedere Theo traf aber keineswegs »eilzugswend'sch« ein, es vergingen vielmehr acht Tage ohne jeden Bescheid von ihm. Franz Xaver schrieb, Franz Xaver telegraphierte – kein Antwort. Inzwischen hatte ihm Fortuna den Rücken gewendet. Er gewann nur noch ganz selten, und die Verluste hatten nach ein paar Tagen schon die Höhe der anfänglichen Gewinne erheblich überschritten. Da war denn das Telegraphieren besonders nötig, denn von dem ursprünglichen Betriebskapital waren nur noch wenige hundert Franken übrig. Auch an die Biche hatte er geschrieben und telegraphiert: erst einen sehr netten Brief, worin er ihr eindringlich zuredete, sich von Fräulein Moosgrün nicht aufhetzen zu lassen. Er erklärte ihr wahrheitsgemäß den Grund, warum die kleine Ballettratte so bös auf ihn sei und gab dann zu, in die rothaarige Frau Lona arg verliebt gewesen zu sein – ohne die Dame durch Erwähnung der gemeinsamen Hochzeitsreise weiter zu kompromittieren. Sie könne sich darauf verlassen, daß er ganz als der Alte, unbeschädigt an Leib und Seele, binnen kurzem wieder zurückkehren werde. – Und als auf diesen Brief auch keine Antwort erfolgte, telegraphierte er abermals an die Biche um Nachricht über den Balzer Theo – ohne Erfolg.

Da endlich, nach zehn Tagen vergeblichen Harrens, traf ein Brief mit dem Poststempel Stuttgart ein. Schlimmer Ahnungen voll, riß ihn Franz Taver auf und las folgendes:

»Mein lieber Freund und Kampfgenosse!

Die Katastrophe ist erfolgt. Unter Blitz, Donner, Pech und Schwefelgestank ist mein Weib ganz plötzlich durch den Schlot herabgefahren und hat mich mit sanfter Überredung heimgelockt. Es wird Deiner Phantasie nicht schwer fallen, sich die idyllische Szene auszumalen. Wir waren beide sehr gerührt und ergriffen von dem Wiedersehen. Und das war so gekommen: In meiner Rage hatte ich an Fräulein Milly Moosgrün – der Himmel straf sie mit der Pest! – einen eingeschriebenen Brief geschickt, worin ich ihr verbot, unsere Schwelle jemals wieder zu betreten. Dummerweise hatte ich aber vergessen, den Wirtsleuten anzubefehlen, daß sie das Fräulein nicht wieder vorlassen sollten. Wie ich nun, heut vor acht Tagen war's, nach dem Diner heimkomme, um mein Schläfchen zu halten, finde ich da Deine gereimte Postkarte. Ich, natürlich voller Freuden, mache mich gleich ans Einpacken. Erst nehme ich aber den Topf aus dem Schrank heraus, um nachzuzählen, wieviel Zechinen noch im Barfonds seien. Denke Dir meinen Schreck – alles weg! Nichts war in dem leeren Topf darin, wie ein Häufchen Papierasche, und oben darauf lag ein Maskenzeichen von der Faschingsdienstag-Redoute. So ein infamer Witz! Wer konnte mir diesen Streich gespielt haben? Ich rief sofort die Wirtsleute und das Mädchen herein, und da kam's heraus, daß über Mittag die Moosgrün dagewesen war. Sie hatte den Leuten gesagt, ich hätte sie bestellt, sie sollte mich erwarten. Nach einer halben Stunde war sie fortgegangen, weil es ihr zu lange dauerte. Kannst Dir denken, wie ich vor Wut gerast habe. Ich wollte gleich zur Polizei und das Frauenzimmer verhaften lassen. Erst bin ich aber doch zu unseren Freunden ins Café und hab' ihnen die Geschichte erzählt. Da haben sie mir alle abgeraten, die Polizei in Bewegung zu setzen, denn es gäbe dann einen Skandal und käme in die Zeitungen, und dann läse es womöglich auch meine Alte in Stuttgart, und ich wäre auf ewige Zeiten mit der Milly blamiert.

Der Alisi, der gute Kerl, erbot sich, dem edlen Fräulein persönlich auf die Bude zu rücken und ihr durch Drohung oder sonst geeignete Gewaltmittel den Raub wieder abzujagen. Während der sich zu diesem Unternehmen auf den Weg machte, fuhr ich hinaus zu Deiner Mademoiselle, denn ich dachte, es wäre doch gut, wenn sie gleich wüßte, aus welch sauberer Quelle die Verleumdungen gegen Dich herstammten, und außerdem wollte ich ihr Deine Adresse mitteilen und ihr meine Abreise bekanntgeben. Und nun denke Dir bloß, mein armer Kerl! Wie ich hinauskomme und nach Mademoiselle frage, schlägt die Wirtin die Hände über dem Kopf zusammen und schreit, ob ich denn nicht wüßte, was passiert sei? Die Mademoiselle sei vor ein paar Tagen mit der großen Bestie, dem Froh, spazierengegangen. In der Theatinerstraße habe er plötzlich einem andern Hunde nachwollen, sie hat die Leine nicht losgelassen, er zerrt und springt und bringt sie zu Fall, vom Trottoir herunter, mitten auf den Straßendamm, gerade vor eine daherfahrende Droschke. Der Kutscher hatte keine Schuld. Es war unmöglich, zu bremsen. Die Räder gingen über sie weg. Trotzdem war noch ein Glück dabei, denn die Droschke war leer, und die Verletzungen wären nicht gefährlich, hätte der Arzt gesagt. Sie haben sie gleich ins Krankenhaus geschafft, und da ist durch den Schreck und die Erschütterung eine Fehlgeburt erfolgt, die für das arme Mademoisellchen schlimmere Folgen zu haben scheint, als das Unglück selber. Ich bin natürlich gleich hin ins Krankenhaus, aber da ließen sie mich nicht vor. Es darf noch niemand zu ihr. Man hat mir nur gesagt, daß sie immer noch ohne Bewußtsein daliege und sehr elend wäre. Der Arzt hofft aber trotzdem, sie durchzubringen. Von dem Überfahren hat es nur Kontusionen an den Beinen gegeben.

Du kannst Dir vorstellen, lieber Freund, in welche Aufregung mich dieses traurige Ereignis versetzte. Ich ging erst wieder ins Café, um einen Kognak zu trinken, denn mir war wirklich ganz elend zumute, und um mit den Freunden zu beratschlagen, was wir für Mademoiselle tun könnten. Dann begleiteten mich ein paar von den guten Leuten heim – es waren noch zwei Damen dabei –, weil sie mich in meiner Aufregung nicht allein lassen wollten. Und wie wir ins Zimmer treten – rate mal, wer sitzt da? – Meine Alte, leibhaftig! Wie gesagt, ich verzichte darauf, Dir die nun folgende zärtliche Szene zu schildern – – – es war mir nur höchst peinlich, daß so viel Zeugen dabei waren – besonders die Damen! Und was glaubst Du, wie meine gute Frau dahergekommen war? – Fräulein Milly Moosgrün hatte Deine Postkarte gelesen und darauf sofort nach Stuttgart depeschiert, ich wäre auf dem Sprung nach Monte Carlo abzudampfen, um dort in Gesellschaft eines der größten Lumpen von München – das bist Du! – den Rest meines Lotteriegewinstes durchzubringen. Darauf hatte sich meine liebe Frau selbstverständlich in den nächsten Zug nach München geworfen.

Und nun bin ich also wieder daheim und singe. Meine liebe Frau hält über mir Wache wie ein Racheengel mit einem feurigen Schwert; auch über die paar braunen Lappen, den letzten Rest unsrer Herrlichkeit, die sie noch in meinem Besitz gefunden hat. Den schönen Brillantschmuck, den ich ihr in München schon als Sühneopfer gekauft hatte und bei der Heimkehr, angeblich aus Italien, mitbringen wollte, den hat sie aus lauter sittlicher Entrüstung sofort versilbert. Und meine Korrespondenz überwacht sie auch wie ein Argus. Das ist der Grund, weshalb ich Dir nicht früher antworten konnte. – Heute finde ich endlich Gelegenheit auf der Probe, Dir zu schreiben, denn ich habe einen ganzen Akt lang nichts zu tun. Vermutlich hast Du inzwischen schon von anderer Seite beruhigende Nachrichten über Mademoiselle erhalten, so daß Dich meine Unglücksbotschaft wenigstens nicht unvorbereitet trifft. Geld kann ich Dir leider keins mehr schicken aus den oben gedachten Gründen. Übrigens glaube ich, daß wir wohl so ziemlich quitt sind: Du hast in Italien so viel verbraucht, daß ich, trotz meiner wüsten Schlemmerei und des Brillantschmuckes für meine teure Gattin, nicht mehr als Du auf meinem Konto habe, und die gestohlene Summe wollen wir uns nur auch in Freundschaft teilen. Sie wird nämlich schwerlich wiederzukriegen sein. Der Alisi hat mir berichtet, daß die Moosgrün Stein und Bein schwört, sie hätte das Geld nicht. Sie fürchte sich gar nicht vor der Polizei, man solle nur ruhig bei ihr und allen ihren Freunden Haussuchung halten und das Unterste zu oberst kehren, man werde nichts finden.

So, das ist alles, was ich Dir zu berichten habe. Und damit wäre unser schönes Abenteuer wohl zu Ende. Wenn Du mir was zu schreiben hast, so tu's unter der Adresse des Theatersekretärs Müller. Ich bin nur froh, daß meine Stimme trotz des Sumpfens nicht gelitten hat, sonst könnte mir hier die Intendanz noch wegen Vorspiegelung falscher Tatsachen einen Strick drehen. Meine Alte war wenigstens so verständig, hier nichts verlauten zu lassen von meinen Streichen; aber meiner Familie in Darmstadt hat sie alle meine Schandtaten haarklein berichtet. Kannst Dir denken, was meine lieben Tanten usw. für eine Freude gehabt haben! Ich tue Buße in Sack und Asche, wie es sich für die Fastenzeit geziemt – aber schön war's doch! Und nun sage ich Dir Lebewohl, lieber Freund. Einen so langen Brief habe ich in meinem Leben noch nicht geschrieben. Du wirst natürlich am grünen Tisch von Monako wieder einen heidenmäßigen Dusel entwickeln und neue Säcke voll Zechinen heimschleppen. Dann sei aber mal vernünftig und trag sie auf die Bank.

Dies wünscht Dir Dein stets getreuer Theodor.

P.S. Den Froh würde ich an Deiner Stelle erschießen, und das arme Mademoisellchen ... Na, tu' was du nicht lassen kannst.«

Mit derselben Post, die dieses lange Schreiben aus Stuttgart brachte, war auch ein kleines Briefchen mit dem Poststempel München eingetroffen, das Franz Xaver zunächst gar nicht beachtet hatte. Erst als er den ersten Schreck über die Münchener Katastrophe einigermaßen überwunden hatte, griff er nach dem kleinen Brief. Es war eine ungeschickte, kindische Handschrift. Und er las:

»Sehr geehrter Herr!

Kehren Sie schleunix heim das Fräulein wo Ihre dreue Geliebde ist liegd schwer krank linx der Isar im großen Krankenhaus. Und würde es ihr sehr gut anschlagen wenn Sie gleich kommen und freundlich zu ihr sein möchten. Disz schreibt Ihnen eine dreue Freundin die Ihnen alles vergibt was Sie ihr leitgetan haben.

M. M.«

Franz Xaver griff sich an den Kopf: Milly Moosgrün! Wahrhaftig, es konnte keine andere sein. Unbegreiflich! Aber er hatte jetzt weder Zeit noch Stimmung, psychologischen Rätseln nachzugrübeln, erschüttert in tiefster Seele, wie er war, von dem schrecklichen Unglück, das seine arme Biche betroffen hatte.

Er bezahlte seine Rechnung im Hotel, und damit war sein Vermögen nahezu vollständig erschöpft. Da versetzte er einige Wertstücke und löste wenigstens so viel dafür, daß er heimfahren konnte – aber nur dritter Klasse – zum Eilzug reichte es nicht hin.

Vierundzwanzig Stunden später saß er im großen Krankenhause links der Isar am Bette Nr. 47 und hielt Mademeuseles schlanke Hand in der seinen.

»Bischibischerl, mein ärmstes, mein bestes, was hast du ausgehalten – alles wegen meiner – wegen dem ekelhaften Vieh, das ich dir aufgeladen hab'! Umbringen tu' ich die Bestie, wenn ich sie derwisch'!«

Sie lächelte friedlich zu ihm empor: »Geh, nicht so bös sein, das arme Hund is unschuldig. Das Hund is jung und will springen – ich war so schwache und ungeschickte – was kann arme Hund dafür, daß ich bin hingefallen?«

»Hast recht,« sagte er, indem ihm die Tränen in die Augen traten, »auf mir allein bleibt's hängen. Kannst mir denn vergeben, du Engerl, du vielgeduldig's du?«

Da richtete sie sich mühsam ein wenig auf und blickte scheu um sich, ob die übrigen Kranken in dem Zimmer nicht etwa lauschten. Dann winkte sie Franz Xaver heran, legte den Arm um seinen Hals, zog seinen Kopf dicht heran und flüsterte ihm ins Ohr: »Du mußte nicht weinen. Du bist bei mir und du bist gut zu mir – jetzt ist alles wieder recht. Ich hatte mich nur so furchtbar sehr auf das Kind gefreut – und nun sind alle die große Schmerze für nix! Darum muß ich so traurig sein. Weißte, du lieber Mann, ich habe gedacht – aber du mußte nicht schimpfen und mir nicht auslachen, weil ich so dumm bin – ich habe gedacht, wenn ich das Kind haben werde, wirst du immer bei mir bleiben und gut zu mir sein.«

Franz Xaver vermochte nicht gleich zu antworten. Er setzte sich auf den Rand des Bettes, faßte das elend magere, leichte Körperchen um die Schultern und drückte es ganz sanft an sich. Tief holte er Atem und würgte mühsam seine Tränen hinunter, und dann flüsterte er ihr ins Ohr, hastig überstürzt, damit ihn die dummen Tränen nicht wieder erwischten: »Jetzt bleibe ich erst recht bei dir. Wenn du wieder frisch auf den Beinen bist, tanzen wir zum Standesamt.«

Da warf sie in einem einzigen Jubelschrei, der doch nur ganz leise tönte wie ein hinsterbender Seufzer erstickter Wonne, all ihr schmerzliches Leid weit von sich. Er legte sie sanft in die Kissen zurück, und da lag sie ganz still, das magere Gesichtchen selig verklärt. –

Die neue frohe Zuversicht wirkte Wunder. Nach acht Tagen konnte sie nach Hause entlassen werden – und wieder nach acht Tagen ging sie an seinem Arm zum erstenmal in ihrem Gärtchen auf und ab. – Das war an einem warmen, strahlenden Märztage. Schneeweiße Wolkenstreifen leuchteten wie frisch hingestrichen über den durchsichtig blauen Himmel – ein echter bayrischer Himmel – weit ausgespannt über die fröhliche Isarstadt. An den Obstbäumen funkelte der frische Lack dick geschwollener Knospen. Im Nachbargärtchen schlug eine Amsel, und irgendwo in der Nähe spielte jemand bei offenem Fenster die Flöte: Mendelssohns liebes Frühlingsliedchen. Derweil saß Franz Xaver mit seiner sorglich in Decken verpackten Biche auf der Veranda seiner Parterrewohnung – und sie schmiedeten Zukunftspläne.

Bisher hatten sie nicht von materiellen Dingen gesprochen; er hatte gefürchtet, sie durch das Geständnis seiner Mittellosigkeit aufzuregen. Aber einmal mußte doch davon angefangen werden. Sie hatten ja schon ihre Papiere besorgt und das Aufgebot bestellt. Er beichtete seinen ganzen sträflichen Leichtsinn, der ihn die schönen goldenen Zechinen hatte verschleudern lassen und der ihn schließlich zum Opfer des großen Molochs in Monaco gemacht hatte. »Und denk' dir,« schloß er seinen Bericht, »zu guter oder vielmehr schlimmer Letzt hat gar die Milly Moosgrün – du kennst sie ja, die kleine Kanaille – unserm dummen Balzer Theo den Streich gespielt, ihm aus Rache den berühmten Danaidentopf bis auf den Boden auszuleeren. Sie leugnet's zwar hartnäckig, aber es ist doch todsicher, daß sie's gestohlen hat. Ich hätt' ihr trotz alledem die Polizei auf den Hals gehetzt, wenn sie nicht vorsichtigerweise inzwischen mit ihrem Bräuer-Schorschel durchgebrannt wär'. Balzer meint, es müßten mindestens noch zweitausend und ein paar hundert Mark im Topf gewesen sein.«

Da lächelte Biche listig und sagte klar und bestimmt: »Dreitausendfünfhundertundachtzig Mark.«

»Woher weißt du das?«

»Weil die liebe Milly sie hat für mich gestohlen. Willst du sehen? Liegt im Schreibtisch eingesperrt in meine kleine Schmuckkastel.«

»Für dich gestohlen? Die Milly Moosgrün?!« und der Mund blieb Franz Xavern vor Erstaunen offen stehen.

»Gelt, das ist ein Überraschung!« rief Biche und lachte hell auf. »Hab' ich mich gefreut darauf, wenn du wirst erfahren. Die Milly war so gut mit mir und so furchtbar bös, weil der wüste Mensch hat alle Geld fortgeworfen für zu essen und zu saufen und für die dumme Frauenzimmer. Und wie ich hab' das Unglück gehabt mit das Froh, ist sie schnell gelaufen und hat die ganze Geld gestohlen und hat sie gleich versteckt in meine Wohnung, weil sie hat gesagt, daß die Geld mir gehör'. Hat sie all die Tiroirs und die Armoires aufgemacht und die Liebesbrief' gefunden, wo die dummen Frauenzimmer für den dicke Herr Balzer geschrieben haben. Hat sie alle verbrannt und den Asche in dem Topf gemacht, daß er sich soll den Asche für Buße auf sein Platte von die Kopf tun und die Narrenorde dazu an die Frack stecken. Hatte so sehr viel geweinte, die arme Fräulein Milly, und hatte gesagte, das wär' große Sauerei, daß alle dummen Frauenzimmer und Saufkerle sollten schöne Geld kriegen. Ich mußte annehmen für Schmerzensgeld, hatte sie gesagte.« –

So sah also die Milly Moosgrün aus, die rabiate kleine Kanaille, die ihm wegen verschmähter Liebe fürchterliche Rache geschworen hatte! Franz Xaver ging gar nachdenklich herum in der nächsten Zeit. Das wunderliche Erlebnis brachte ihn dazu, seine ganze Weltanschauung ein bißchen zu revidieren. Hatte also doch ein Stück Philistermoral in ihm gesteckt, wie es die hochwürdige Geistlichkeit in ihrer staatserhaltenden Weisheit und allgemeinen Menschenliebe so eifrig pflegt? Du lieber Himmel, der Mensch will doch wissen, woran er ist mit seinesgleichen! Er will doch eine reinliche Trennung von Gut und Böse haben, um sein Wohlwollen wie seine sittliche Entrüstung gerecht verteilen und einen geziemenden Umgang für seine werte Persönlichkeit dementsprechend wählen zu können. Der allgütige Herrgott stellt doch auch die Böcke zu seiner Linken und die Schafe zu seiner Rechten. Was wäre denn das für eine Wirtschaft, wenn man die Böcke und die Schafe nicht mehr auseinanderkennen sollte! Franz Xaver glaubte, sich das fixe Urteil nach dem einfachen Schema des gesättigten Biedermannes schon längst abgewöhnt zu haben; als Dichter meinte er schon die Menschen aus der Herrgotts-Perspektive zu schauen – nun aber gab ihm diese Milly Moosgrün einen empfindlichen Nasenstüber und sagte ihm ganz keck: du leidest an Größenwahn, mein Lieber. Tu dir in Zukunft nicht so viel auf dein durchdringendes Dichterauge zugute. Die Menschen lernt kein Mensch je kennen, nur ganz wenige einzelne. Die Moral hüpft nie auf einem Bein, oft hat sie gar mehr als zwei Füße, und jeder ihrer Schuhe hat seinen besonderen Leisten. Auch unter den Dichtern gibt's viel schlechte Schuster, mein lieber Franz Xaver!

Paßte etwa Frau Lona in das dumme Romanschema »Schlange«, weil sie einmal in ihrem Leben einer wilden Leidenschaft nachgab und dennoch auf die Versorgung ausging? Vielleicht bekam der gute, vertrauensselige Professor mit ihr immer noch mehr, als er wert war – oder vielleicht war der Professor mehr wert, als sie ahnte, und gab ihr einst so viel Liebe, daß sie die Leidenschaft nicht mehr brauchte. Jedenfalls hatte sie einmal in ihrem Leben einem würdigen Menschen das Geschenk eines stolzen Rausches gemacht – und dafür konnte ihr auch schon viel vergeben werden; denn die Räusche der Künstler bringen den anderen armen Menschenkindern Freude und Farbe in ihr graues Dasein.

Und er selbst, Franz Xaver, der König des Lebens, und Balzer Theo, dieser dicke Busenfreund, hatten sie nicht hirnverbrannt und affenschandbar gehandelt, indem sie das gute Geld in die Luft verpufften, wie nichtsnutzige Buben, die ein gefundenes Fünfgroschenstück in Schießpulver anlegen? Freilich, die Nase hatten sie sich bei dem Feuerwerk verbrannt. Und wenn sie außerdem noch jeder eine gesalzene Tracht Prügel kriegten, so geschah ihnen nur ganz recht. Irgendwie wird einem ja doch alles heimgezahlt auf Erden. Der liebe Himmelvater versteht sich schon besser auf die Gerechtigkeit als die schlechten Schuster hienieden, die Eiferpfaffen und elenden Poeten. Er schiebt das Verfahren in solchen Bagatellsachen nicht bis zum Jüngsten Tage auf. Außerdem ist die Geschichte mit den Böcken und den Schafen sicherlich eine elende Verleumdung.

Soviel an seinem Teil war, tat Franz Xaver ehrlich Buße und bedankte sich noch obendrein beim Herrgott für gnädige Strafe, denn er wußte wohl, daß er Schlimmeres verdient hatte. Er hielt fortan seinen vorlauten Schnabel ein wenig im Zaum und spielte im Café seine große Phrasengeige *con sordino*. Das Geldfieber hatte ihn zugerichtet wie Scharlach und Masern – jetzt schälte er sich im verborgenen und schämte sich gesund.

Und in seinen stillen Flitterwochen mit Biche schrieb er aus seiner neugewonnenen Erkenntnis heraus ein Schauspiel und ließ es auf eigene Kosten drucken. Aber es war so gut, daß niemand es aufführte. Ein idealer Direktor war so begeistert davon, daß er es annahm – er machte aber unmittelbar darauf Pleite, wie sich das in einer sittlichen Weltordnung von selbst versteht. Immerhin aber wurde Franz Xaver Meusels Name fortan in der Zunft mit Ehren genannt.

Er ging schon wieder krumm wie früher, und seine Hosen bildeten wieder unter den Knien die charakteristischen Bäusche – aber das tat seiner Schönheit in Mademoiselles Augen keinen Abbruch; ebensowenig wie die glänzenden Besprechungen seines Schauspiels sie von seiner Dichtergröße erst noch zu überzeugen brauchten. Sie liebte einmal diesen, und der gehörte ihr. Das war der Inhalt ihres Lebens. Franz Xaver machte von seiner Liebe nicht viele Worte, aber er war und blieb gut zu ihr, und darum hingen ihre treuen Hundlaugen immer mit so fröhlicher Zuversicht an ihm. Und das wußte Franz Xaver nun: *Zwei solche Menschenaugen voll fragloser Hingabe und froher Zuversicht auf sich ruhen zu fühlen, das war der schönste Gewinn alles menschlichen Irrens und Strebens.*

Über tredition

Eigenes Buch veröffentlichen

tredition wurde 2006 in Hamburg gegründet und hat seither mehrere tausend Buchtitel veröffentlicht. Autoren veröffentlichen in wenigen leichten Schritten gedruckte Bücher, e-Books und audio-Books. tredition hat das Ziel, die beste und fairste Veröffentlichungsmöglichkeit für Autoren zu bieten.

tredition wurde mit der Erkenntnis gegründet, dass nur etwa jedes 200. bei Verlagen eingereichte Manuskript veröffentlicht wird. Dabei hat jedes Buch seinen Markt, also seine Leser. tredition sorgt dafür, dass für jedes Buch die Leserschaft auch erreicht wird.

Im einzigartigen Literatur-Netzwerk von tredition bieten zahlreiche Literatur-Partner (das sind Lektoren, Übersetzer, Hörbuchsprecher und Illustratoren) ihre Dienstleistung an, um Manuskripte zu verbessern oder die Vielfalt zu erhöhen. Autoren vereinbaren direkt mit den Literatur-Partnern die Konditionen ihrer Zusammenarbeit und partizipieren gemeinsam am Erfolg des Buches.

Das gesamte Verlagsprogramm von tredition ist bei allen stationären Buchhandlungen und Online-Buchhändlern wie z. B. Amazon erhältlich. e-Books stehen bei den führenden Online-Portalen (z. B. iBookstore von Apple oder Kindle von Amazon) zum Verkauf.

Einfach leicht ein Buch veröffentlichen: **www.tredition.de**

Eigene Buchreihe oder eigenen Verlag gründen

Seit 2009 bietet tredition sein Verlagskonzept auch als sogenanntes "White-Label" an. Das bedeutet, dass andere Unternehmen, Institutionen und Personen risikofrei und unkompliziert selbst zum Herausgeber von Büchern und Buchreihen unter eigener Marke werden können. tredition übernimmt dabei das komplette Herstellungs- und Distributionsrisiko.

Zahlreiche Zeitschriften-, Zeitungs- und Buchverlage, Universitäten, Forschungseinrichtungen u.v.m. nutzen diese Dienstleistung von tredition, um unter eigener Marke ohne Risiko Bücher zu verlegen.

Alle Informationen im Internet: **www.tredition.de/fuer-verlage**

tredition wurde mit mehreren Innovationspreisen ausgezeichnet, u. a. mit dem Webfuture Award und dem Innovationspreis der Buch Digitale.

tredition ist Mitglied im Börsenverein des Deutschen Buchhandels.

Dieses Werk elektronisch lesen

Dieses Werk ist Teil der Gutenberg-DE Edition DVD. Diese enthält das komplette Archiv des Projekt Gutenberg-DE. Die DVD ist im Internet erhältlich auf **http://gutenbergshop.abc.de**

Zeitfracht Medien GmbH
Ferdinand-Jühlke-Straße 7
99095 Erfurt, Deutschland
produktsicherheit@kolibri360.de